その女《ひと》の名は魔女

怪異名所巡り2

赤川次郎

JN286076

集英社文庫

イラストレーション／南Q太
目次・中扉デザイン／小林満

SUZUME BUS

目次

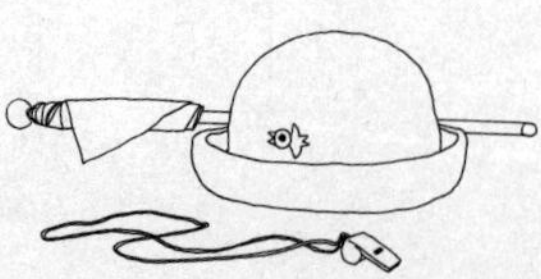

その女《ひと》の名は魔女

怪異名所巡り2

1／24秒の悪魔

1

それは、二人の前に山のようにそびえていた。

「——嘘《うそ》だろ」

と、河名秀司《かわなしゅうじ》は言った。

充代《みつよ》にとっては、幼いころから見慣れていたものだ。別に驚くことはなかったが、それでも都心の狭苦しいマンション暮しに慣れてしまったせいか、それは記憶の中よりずっと大きく見えた。

「今じゃ、絶対に作れないって」

と、充代は夫の腕を取って、「立派でしょ？」

その土蔵は、確かにこの近くの村々でも類を見ない大きさだと言われていた。

「そりゃ、作れないだろ」

と、河名秀司は呆《あき》れたように、「作る必要もないし」

「そう言わないで。土蔵って、エアコンも何もないのに、中の物がいたまないとか、火事になっても、土壁の中の水分で守られて焼けないとか、色々長所があるのよ」

「いや、別に土蔵にケチつけてるんじゃないよ」

河名は、今自分が妻の実家にいることを思い出した。「立派なもんだよ、本当に。ただ、この中を整理するって、簡単じゃないだろうと思ってね」

「のんびりやればいいのよ。私たちのものなんだから」

と、充代は言った。

旧姓桐生《きりゆう》充代。――河名秀司と結婚して一年。

東京でのOL生活は、今も続いていた。

「ともかく、中を覗《のぞ》いてみましょうよ。何か貴重な財宝があるかも」

と、充代は冗談めかして言うと、「この鍵《かぎ》よ」

と、〈蔵〉という字が消えかかった木の札に結びつけてある大きな鍵を、夫の河名へと渡した。

「重いな！　泥棒が入ったら、これで殴りゃいい」

「昔の鍵は大きいの。さ、開けて」

〈蔵〉の扉には、大きな錠前が付いていた。

鍵を鍵穴へ差し込んで回すのにも、相当な力が必要だった。――河名も普通のサラリーマン。あまり力はない。

「――開く？」

「待ってろ。――やっ！」

顔を真赤にして、気合をこめて鍵を回すと、ガチャッと音をたてて、やっと錠前が外れた。

河名は汗をかいている。

「ご苦労様」

と、充代は微笑《ほほえ》んだ。

しかし、左右へ開く引き戸を開けるのにまたひと苦労。――やっと蔵の中へ入れる状態になったときには、河名はもう息も絶え絶えだった。

「明日にしよう」

と主張する夫を何とかなだめて、充代はやっと蔵の中へと足を踏み入れた。

意外なほど、空気は澄んだ感じで、ひんやりとしている。

細い階段が、二階部分へとつながっていた。

「――しかし、よく片付いてるな」

あまり「片付け」の得意でない河名が感心したように言った。

何列にもわたって、木の棚が作られ、そこに大小、数え切れないほどの箱や包みが並んでいる。

「でも、これなら何があるのか、一つずつ見るのも楽よ」

「凄《すご》い数だぜ」

と言いながら、河名も多少、その中身に関心を持った様子だ。「二階はどうなってるんだろう」

「上ってみましょう」

と、充代は先に立って急な階段を上って行った。

――そう、憶えてる。

子供のころ、この二階がとても好きだった。小さな窓から入る光が、床に四角い模様を描いていて、その日だまりに座って、立て膝《ひざ》を抱えてぼんやりとしていたものだ。

この匂《にお》い……。この空気だ。

小さいころには、考えもしなかったが、そのときから、この土蔵の中はよく整理され、几帳面《きちょうめん》な祖父の手で守られていたのだろう。

「――やあ、これって映写機？」

と、河名が声を上げた。

充代が声のした方へ入って行くと、

「見ろよ、フィルムだろ、これ」

と、河名が積み上げられた丸いケースを手にして、「〈充代、七五三〉だってさ。君のか」

「おじいちゃんが、八ミリ映画の愛好家だったの。——懐しいわ！」

充代は、ビニールをかけてある映写機を見て、「動くかしら、これ？」

「古そうだけど、よく手入れされてるよ。これだけ運び出して、試しに映してみようか」

「ええ！」

「お、結構重いぞ」

「気を付けて！　落とさないでね」

「大丈夫。——君、フイルムをいくつか持って来いよ」

「ええ」

充代は、何巻かのフイルムを両手に抱えると、夫が映写機を運んで行くのについて行こうとした。

「あ！」

フイルムの一巻が、滑り落ちて床を転った。あわてて拾おうとすると、却《かえ》って次々に落としてしまう。

「おい、大丈夫か？」

「ええ。——無理して抱えようとしたからだわ。手さげの袋でも持って来て運ぶ」

仕方なく、一旦《いったん》床の上にフィルムをおろした。

しかし、急な階段を、映写機を抱えて下りる河名の方が大変で、充代は手が空いたのでそれを手助けできた。でなければ、河名が足を踏み外していたかもしれない。

——何とか映写機を蔵から運び出し、母屋《おもや》の一間へと置く。

「ああ、やれやれ！——八ミリか。僕は初めて見たよ」

三十歳の河名にとって、「八ミリ」といえば「八ミリビデオ」のことで、かつて八ミリフィルムでホームムービーを撮《と》るのが盛んだったという話は知っていても、現実に見たことはなかったのだ。

「私、フィルムを取って来るわ」

大きめの丈夫な手さげ袋を持って、充代は蔵へと戻った。

むろん、入口の扉は開けたままで……。

——扉が閉まっている。

充代は首をかしげた。

何でも戸締りをするくせのある充代が、無意識に閉めていたのだろうか。

鍵はもちろんかかっていない。さっき開けるのにひと苦労した扉が、ちょっと力を入れるとガラガラと楽に開いた。

その手応《てごた》えが、ハッと思い出された。

小さいころ、よくここへ来て、中へ入った。そのときの扉の重さ、この音、レールを小さな車輪がかむ感覚……。

中へ入って、充代は戸惑った。

暗い。——さっきは窓からの明りで充分明るかったのに。

外は青空で、日もまだ高いのに。

むろん、中に明りがつくようにはなっている。

充代はスイッチを入れた。——懐しい電球の光が蔵の中を照らし出す。

二階へ上って行くと、充代は床に置いたフィルムを袋の中へと入れた。そして、転って行った一巻を捜したが——。

「おかしいわ……」

そんなに遠くまで転って行くわけがない。

床に腹這《はらば》いになって、棚の下を覗くと——。

「あれだわ」

棚の一番下の板と床のわずかな隙間《すきま》にフィルムが見えた。——しかし、妙だった。転って行ったものが、あんなに奥へ入ってしまうものだろうか？

ともかく手を入れて、そのフィルムを取り出した。

「——違うフィルムだわ」

さっき運び出そうとしたフィルムのケースには、必ずタイトルが書かれていた。しかしこれは何も書いていない。

少し迷った充代は、それでも袋の中に入れると、両手で袋を持った。重いが、持てないことはない。

そして階段を下りようとしたとき——。

階段の下から、ニッコリと笑って充代を見上げているのは——「おばあちゃん」だった。

「気を付けるのよ」

「おばあちゃん……」

見慣れた和服姿で、祖母は言った。「あなたはよく落ちたから」

こんなことって……。おばあちゃんは、ずっと前に死んだのに！

「よく帰って来たね」

と、祖母は言った。「気を付けるのよ」

「うん……」

「気を付けて。——恐ろしいことが、あなたを待ってるわ……」

「おばあちゃん……。今、『恐ろしいこと』って言ったの？」

「そう。恐ろしいことよ。——気を付けて」

「待って、おばあちゃん！」

祖母の姿は視界の外へスッと出た。

充代は急いで階段を下りたが、もうそこには誰もいない。

「何なの？——どういうこと？」

充代は、自分が夢を見たわけでも何でもないと分っていた。幻覚を見るような性質でもない。

でも——今のは間違いなく、亡くなった祖母だった。

幽霊？——まさか！

充代は、少しもこのことを怖がっていなかった。むしろ、祖母の笑顔を見て、懐しい思いにすら捉《とら》われていたのだ。

「恐ろしいことが、あなたを待ってる……」

あの祖母の言葉は、どういう意味だろう？

「おい、どうかしたのか？」

と、夫の声がして、充代はすぐに、

「何でもないわ」

と返事をし、明りを消すと蔵を出た……。

2

「お疲れさまでした」

解散地点で、最後の乗客に頭を下げると、町田藍《まちだあい》はホッとした。

すぐにバスへ乗り込むと、忘れ物をチェックする。棚の上、座席の下、小さなイヤリング一つでも見落とすわけにいかない。

「――OKです」

と、町田藍はドライバーの君原志郎《きみはらしろう》へ声をかける。

バスが動き出した。

駅前で解散、というときなど、停《と》めてはいけない所で客を降ろさざるを得ないこともあり、手早くすませて出ないと、交番から叱《しか》られる。

「――ああ、疲れた」

藍は、ドライバーの傍《そば》の席に腰をおろして息をついた。「ハラハラしちゃった。途中の渋滞で、どれだけ遅れるかと思って」

「結局十五分遅れだろ。苦情もなかったし」

君原はあくまでクールである。

「おかげさまで」

――どんなツアーでも、疲れるときとそうでないときがある。

乗客に無茶を言う人がいなくて、最後にバスを降りるときに、客から、

「お世話になりました」

と、声をかけてもらったりしたら疲れがどこかへ飛んで行ってしまう。

逆に、楽なはずのツアーでも、カップ酒など飲んで酔っ払い、周りの客にいやな顔をされても構わず騒いだり、ガイドになれなれしく手をかけて来たりする客がいると、普段の何倍も疲れる。

「今日の客は十人？　もう少しいたか」

君原が言った。

「十一人。――これじゃ、ボーナスなんて出ないかもね」

――町田藍の勤めるバス会社は〈すずめバス〉。大手の〈Hバス〉とは比較のしようもない中小企業。

藍もかつてはその大手でバスガイドをしていたが、リストラであえなく失業。観光バスのガイドという仕事が好きだった藍は、

「小さくてもいい」

と、この〈すずめバス〉に就職した。

でも、何しろどこも経営の苦しい昨今、〈すずめバス〉も苦戦を強いられていた。

五十人乗りのバスに十一人では、もとも取れない。

大手〈Hバス〉のように、百コースにも上る観光コースで毎日走らせていると、中にさっぱり客の来ないコースがいくつかあっても、常に人気のコースで稼いでいるからやっていけるのだ。

「何か、うちでなきゃやれないっていうユニークなコースを考えるしかないよ」

君原は、今年二十八歳のドライバー。――どうしてこんなちっぽけな会社にいるの？

みんなが首をかしげるほど、腕もよく、そして何より端整な美青年！

〈すずめバス〉のガイドたちが、安月給、重労働に耐えて辞めずにいるのは、君原いればこそ、かもしれない。

客になった女子高校生の間でひそかに噂《うわさ》が広まり、どうやら当人も知らない内に〈君原志郎ファンクラブ〉までできているという話だ。

「うちでやれるようなことなら、よそだって考えてるわよ」

藍は君原と組むことが多いが、同じ二十八歳ということもあり、気分的にも楽である。

「いや、それさ。――うちでしかやれない〈ツアー〉があるじゃないか」

君原がニヤリとして藍の方をチラッと見た。

「ちょっと……。やめてよ！」

と、藍はうんざりした様子で、「もういやよ、〈怪奇ツアー〉は」

「しかし、ここ一週間ぐらい、社長は言いたくって仕方ないんだぜ」

「分ってるわ。だから顔合わさないようにしてるんだもの」

「そういつまでも逃げられないと思うよ」

君原は面白がっている。

藍だって、それが他人事《ひとごと》なら面白がってしまうだろう。

——町田藍には、特別霊感が鋭いという、持って生れた体質がある。それを活《い》かして、行方不明だった女の子を見付けたり、何年も前の迷宮入り事件を解決したこともあった。

社長の筒見《つつみ》は、その話題に便乗して、〈霊感バスガイドと行く、幽霊体験ツアー〉などという怪しげな企画を立て、いやがる藍に担当させている。

世の中にはいろんなマニアがいて、その間では藍は〈本物の怪奇現象を呼び寄せるガイド〉として有名なのだ。

だから、その類《たぐい》の客をターゲットに、筒見は藍にやたらと〈怪奇ツアー〉をやらせたがる。しかし、そんなに本物のお化けと出くわすチャンス（？）があるわけはなく、たいていは看板倒れ。

「お客様に申しわけない」

と、藍は主張するのだが、筒見は、

「たまたま今日は出ませんでした、ととぼけときゃいい」

と開き直り、「君は〈すずめバス〉が潰《つぶ》れてもいいのか」

そう言われてしまうと、藍も黙らざるを得ないのだが……。

「──お疲れ」

営業所──兼本社（ここしかない）に戻って、藍はバスを降りると、オフィスの中へ
と、恐る恐る入って行った。

「あ、藍さん」

ガイド仲間の常田《つねた》エミが呼んだ。

「何？　社長？」

「お友だちがみえてます。一時間くらい前からお待ちで」

「友だち？」

声が聞こえたのだろう、オフィスの奥の古ぼけた応接セットで、若い女が立ち上った。

「──藍！　久しぶり」

「充代！──驚いた」

高校時代からの友と固く手を取り合うと、

「結婚式以来ね」

「そうだね」

「ええと、今は桐生じゃなくて――何だっけ？」

「河名よ」

「そうだった！　ごめん！　トシのせいか、もの忘れがね」

「同い年よ。『トシのせい』はやめてよ」

と、河名充代は笑って、「突然ごめんね。ちょっと相談にのってほしくて……」

「私に？　珍しいわね。恋愛も結婚も、そっちが先輩なのに」

藍は制帽を外して、「ちょっと待っててくれる？　バスを洗わなくちゃいけないの」

だが――充代の顔からは明るい笑みが消え、旧友の顔を見て気が緩んだのか、

「藍……。助けて！」

と、いきなり抱きついて来たと思うと、ワッと泣き出してしまったのだ。

「充代……。どうしたの！　しっかりして。――ね、座りましょ」

何とかなだめて、クッションのいかれたソファに並んで腰をおろす。

「藍さん、私がバス、洗っときます」

と、常田エミが言った。

「ごめん！　よろしくね」

藍は充代の肩を抱いて、「どうしたっていうの？　しっかり者の充代が」

「ごめん……。このところ、気が滅入《めい》って……」

と、ハンカチで涙を拭《ぬぐ》う。

「ご主人と何かあったの？」

充代は、ちょっとため息をついて、

「――まあね」

と肯《うなず》く。

「話してみて。私で役に立てるかどうか分らないけど」

「藍、相変らず霊感が働くんですってね」

「え？」

「待ってる間に、おたくの社長さんが話してくれたわ。〈霊感バスガイド〉って、有名ですってね」

「ちょっと待って！　社長は大げさに言ってるのよ」

「でも、あなた高校生のころから、よく昔あったこととかを当ててみせてたじゃない」

「自分の恋愛だけは当らなかったけどね」

と、藍は肩をすくめた。

藍は、応接セットをオフィスと仕切っている衝立《ついたて》の向うを、そっと覗いた。――社長の席である。

今は空だ。藍はホッとした。

「――充代、一体何なの？　私の霊感と何か関係あるわけ？」

「うん……。ね、私、母が亡くなって、今実家にいるんだけど」

「そうだったの。何だか凄く古いお屋敷よね」

「ええ……。土蔵があってね、その中で私、祖母に会ったの」

「おばあさま？　まだご健在なの？」

「それなら驚かないわ。十年以上前に亡くなってるの」

藍は目を丸くして、

「それじゃ……」

「どう見ても祖母に違いなかったの、たぶん――幽霊なのよね、きっと」

「そのことで、私の所に？」

「それだけじゃないの。これから起《おこ》ること」

「これから？」

「うん」

と、充代は肯いて、「藍。私が誰に殺されるか、教えて！」

藍が呆気《あっけ》に取られていると、突然、衝立のかげから、社長の筒見が顔を出したから、藍は飛び上るほどびっくりした。

「社長！　いらしたんですか？」

「衝立に耳を寄せていた」

　藍は顔をしかめて、

「それじゃ、立ち聞きじゃありませんか！　みっともないことしないで下さい」

「何を言うか。私はただこちらの美しく素直なお嬢さんの力になれればと……」

　これには藍がカチンと来た。

「それって、私が美しくなくて素直じゃないって意味ですか？」

「君、そういう言い方が『素直じゃない』と――」

　二人のやりとりを聞いていた充代が、ふき出してしまった。

「面白い会社ね！　私も、こういう所へ勤めたいわ」

「安月給で、充代には向かない」

　と、藍は言った。

　筒見は咳払《せきばら》いすると、

「ええと――河名さんとおっしゃったかな？　何でもお宅の蔵に幽霊が出ると？」

「ええ……私が一度会ったんです」

「一度で充分！　ぜひ、我が社でその蔵を拝見するツアーを組ませていただきたい！」

　と、筒見は出て来て充代の前で頭を下げた。

「あの……」
面食らった充代は、苦々しい顔で腕組みしている藍を見て、目をパチクリさせている
ばかりだった……。

3

「というわけで」
と、藍はマイクを手に言った。「本日のツアーは、個人のお宅へ、特別なご好意でお
邪魔するものです。どうか、家の中への勝手な立ち入りや写真撮影などは控えて、礼儀
正しく行動して下さい」
お客様に向かっては、少々きつい言葉かもしれなかったが、このツアーに参加してい
る人たちは、ほとんど藍とは顔なじみ。気を悪くされる心配はなかった。
「地図通りなら、あと十五分だな」
と、君原が言った。
夕方からの出発で、郊外の畑が広がるこの辺りへ入って来たころには、もう大分暗く
なっていた。
それにしても……。

筒見はご機嫌で、

「見ろ！　たちまちお客が集まったろう」

と自慢していたが。

確かに、〈すずめバス〉としては久々の〈満席〉。河名充代が、土下座までして頼んでくる筒見に困って、

「分りましたから、立って下さい」

と言ったのを、

「ご承知いただいて、感謝します！」

と、既成事実化してしまった。

「旧家に残る土蔵か！　いかにも何か出そうじゃないか」

「土蔵に閉じこめられた美少女とか」

早くも客の間では期待の声（？）が上っている。

もちろん、藍としては充代の実家である桐生家の土蔵に幽霊が出た、という話だけしかしていない。充代が「相談したい」と言った一件は、今夜行って詳しく聞くことになっていた。

「――怖いお化けなんですか」

と、客の中で、全く初顔の男性が言った。

「怖がるようじゃ、出て来てくれませんよ」

と、ベテランの参加者が言った。「現われたら、抱きしめるぐらいの気持でいないと。

——初心者ですね」

「ええ、まあ……」

「ともかく、みんなと一緒に行動してれば大丈夫です。ただ、もし出たときでも、悲鳴を上げたりしちゃいけません。幽霊は、そりゃデリケートな神経の持主なんですから」

「分りました。注意します」

——この初心者、リストでは、たぶん〈神原幸男《かんばらゆきお》〉という男だろう。

四十代の半ばくらいに見えた。こういうファンにつきものの、マニアックな感じがない。ごく当り前のサラリーマンという印象。

もう一人、藍の注意を引いた「初顔」は、二十五、六の女性だった。

幽霊などには関心がなさそうで、時間稼ぎに藍が乗客に配った、最近の幽霊出現についてのメモを見ようともしない。

そして、マニアの人たちが楽しげにしゃべっているさまを、いかにも馬鹿にしたように眺めている。

藍はリストを見て、〈木村花子〉という、いかにも偽名らしいのが、たぶんその女性だろうと思った。

なぜこのツアーに参加したのだろう？

目的地が近付くにつれ、他の参加者が盛り上ってはしゃいでいるのに背を向けて、じっと窓の外を見ている。

「――藍さん」

と、通路を前の方へやって来たのは、セーラー服の高校生で、この手のツアーでの常連の一人。

「真由美《まゆみ》さん、試験じゃないの、今？」

「もうすんだもん」

遠藤《えんどう》真由美という十七歳の少女。カメラを手にしていて、

「一緒に写真撮っていい？」

「ええ、もちろん」

「ワーイ！――おじさん、シャッター、切って」

と、真由美がカメラを渡したのは、初顔の神原幸男。

「ああ……。どこを押すの？」

やさしい男性らしい。真由美の説明にいちいち肯いて、

「じゃ、撮るよ」

「待って！」

真由美が得意気に藍と腕を組む。

「はい、チーズ」

と、神原が言ったので、真由美は笑い出してしまった。

フラッシュが光る。

「やだ、大口開けて笑ってた」

と、真由美は楽しげに、「おじさん、今どき、『はい、チーズ』なんて言わないよ」

「そうか?」

「でも、ありがと!」

丸顔で可愛い真由美は、〈怪奇ツアー〉の客の間ではアイドルになっている。

「――あれじゃないか」

と、君原が言った。

もう外はすっかり暗い。――バスのライトの中に、大きな門構えと、そこに立っている充代の姿が浮び上った。

「あれだわ。――皆様、お待たせいたしました。到着でございます」

みんな、期待に胸ふくらませる小学生のような表情だった。

それにしても、大変な広さだ。

藍も、充代が都内に下宿していたので、この屋敷に来るのは初めてである。

「──大勢おいでで」

充代が当惑した様子で、「さあ、どうぞ」

広い和室を二間通して使い、お茶を出してくれる。

むろん、藍が手伝った。

「──立派な作りだ」

と、年輩の参加者が中を見回して、「建って相当たつのでしょうね」

「はい、百年近いと思います」

「百年！　しかし、柱はがっしりしとるし、びくともしとらん」

「私も、小さいころはここで暮していました。──祖父、桐生弥兵衛《やへえ》と祖母の信子《のぶこ》は、私を大変可愛がってくれました」

「今はあなたお一人で？」

「母、桐生純代《すみよ》がつい先日亡くなりまして、この家を守る人間がいなくなったものですから、私と夫が会社を休んで、ここへやって来たのです。仕事に通うには遠すぎるので、どうしようかと……」

「人が住まんと、家は傷みます。もったいないですよ、これほどの屋敷」

「何とか考えようと、主人とも話していますけど。──あ！」

充代が、初顔の男性に気付いて、「神原さん！　何してらっしゃるんですか？」

「いや、どうも……。君の実家と聞いてね。つい参加してしまった」

「まあ……。私の勤め先の課長さんですの」

神原は照れたように赤くなっている。

「――では、蔵の方へご案内しますね」

と、充代は立ち上った。「がっかりなさらないとよろしいのですけど」

みんながゾロゾロと連れ立って廊下をついて行く。

「いや、広いね」

「掃除が大変でしょうね」

などとおしゃべりしている。

ちょうど二階から階段を下りて来た男性がいた。

「あ、主人ですの。――あなた、〈すずめバス〉の……」

「ああ。いらっしゃい。ご期待通り出てくれるといいんですがね」

と、河名は愛想良く言った。

「じゃ、蔵へはこちらから渡り廊下を通ります」

充代が案内して、その土蔵が見えて来ると、

「これは凄い」

と、感嘆の声が上った。

藍も、その想像以上の大きさに目をみはった。そして——何かふしぎな空気がそれを包んでいるのを感じていた。

「中へ入りますと、足下《あしもと》が冷えるかもしれません」

と、充代が言った。

——危険はない、と藍は感じた。

しかし、蔵の中の冷気は、普通ではなかった。

参加者たちも、何かを感じているらしい。みんな黙ってしまった。

「今、主人と二人で中の物を整理しているのです。——でも、歴史などに詳しくないものですから……」

と、充代が言ったとき、トントン、と壁を叩《たた》く音がした。

「上だ」

「二階ですね」

「待って下さい」

安全を確かめなくては。——藍は階段を上った。

そして呆気に取られて白壁を見ると、

「充代。——あなた、壁に何か書いた？」

「いいえ。どうして？」

と、充代も上って来ると、「——まあ！」

次々にみんな上って来て、その文字に目を丸くした。

「——祖母の字だわ」

と、充代が言った。「でも……」

白い壁に黒々と達筆で、〈歓迎！　すずめバス御一行様〉と書かれていたのである。

「あなた、何か言った？」

「今日、大勢みえるって、一応ここで話したの。聞いていたのね、きっと。おばあちゃん、にぎやかなのが好きな人だったから」

「見て！」

と、誰かが言った。

〈歓迎！〉の文字が、少しずつ薄れて行く。

「待った！」

みんなあわててカメラを取り出し、壁の文字を写し始めた。

すると、文字はまたはっきりとして、さらに一行、〈慌てず、ゆっくり〉という文字が浮き出て来た。

みんな大喜びで写真やビデオを撮り出す。

——藍は、そっと一人、階段を下りた。

みんな上に行っている。

振り向くと、和服姿の老婦人が立っていた。

「——充代さんのおばあさまですね」

と、藍は言った。

「あの子のお友だちね」

と、穏やかに、「よくいらして下さいました」

「お騒がせして……」

「いいえ、死んだ人間など、退屈なものですよ。いい気晴らしで」

と、微笑んで、「あなたは、あの子を守って下さる」

「私に何ができるでしょう」

「あの子は人を信じ過ぎます」

と、桐生信子は言った。「お願いします、あの子を」

「何かご存知なのですね」

「私が分っているのは、あの子が危いということだけなんです」

と、信子は言った。「でも、そう言ったところで、信じていただけるとは限らないし、こうしてお話しできる方とお目にかかれるのは、奇跡のように、希《まれ》なことです」

「充代さんとは、いつでもお話を？」

「私の血を受け継いでいますから。でも、いつでもというわけには参りません。あなたは——本当に私どもに近い方ね」

藍としては、ありがたいような、ありがたくないような……。

そのとき、誰かが階段を下りて来た。

信子の姿は一瞬の内に消えた。

「——どうかなさいました？」

藍が声をかけると、乗客の一人——あの〈木村花子〉が、ギクリとした様子で藍を見る。

「別に。上、人が一杯で、気分悪くなりそうだから」

「じゃ、下でゆっくりなさって下さい」

「外の空気を吸ってるわ」

と、女は言って、チラッと二階の方を見上げると、「あんな下らないことに、よくはしゃいでられるわね」

と、呆れたように言って、蔵から出て行った。

上では、信子がまた何かサービスしているらしく、みんなが歓声を上げていた……。

「踊ってる影絵が出て来たのには、びっくりしたよ！」

「こんなに楽しい幽霊は初めてだ」

「私、あのおばあさまの大ファンになっちゃった！」

と、遠藤真由美が声を上げた。

――みんな酔っている。

アルコールにではない。「幽霊」に酔っているのだ。

「いや、すばらしいツアーだった」

と、参加者の中の最長老の男性が、充代の手を取って、うやうやしくその甲に唇をつける。

みんなが拍手した。

「ご満足いただけて幸いですわ」

充代も微笑んでしまう。――それほど、みんな子供のようにはしゃいでいたのだ。

蔵での充分すぎるほどの体験を終えて、一行は再び広間でお茶をいただき、引き上げることになった。

4

「――では、遅くなっては、こちらにご迷惑ですから」

と、藍は言った。「もう失礼いたしましょう」

「ぜひまた伺いたい！」

という声があちこちから上った。

「もう少し状況が落ちつきましたら」

と、充代が言った。

「ごめんね、大分予定時間をオーバーして」

と、藍は言った。

「いいのよ。別に明日早起きするわけじゃないし」

藍は少し小声になって、

「後でね。――適当な所で私だけバスを降りて戻ってくるから」

「うん。悪いわね」

「何言ってるの！　あ、それと、今日の参加費から、お宅への謝礼を」

「いいのよ、そんなの」

「だめだめ！　ちゃんと払うものは払う。といっても、何しろケチな会社なんで、大したものは出ないのよ。期待しないで」

藍はいつも社長に、もう少し払ってほしいと言っているのだが、何といっても、へす

ずめバス〉、

「まあ、うちにふさわしく、〈すずめの涙〉だ」

などと笑ってごまかされてしまうのだった……。

「——町田君」

ドライバーの君原が難しい顔でやって来た。

「どうしたの？」

「妙なことになってるんだ。来てくれ」

藍は、参加者たちを待たせて外へ出た。

「これって——」

いきなり白い目隠しをされたようだった。

「普通の霧じゃないぜ」

——濃霧だ。一メートル前も見えない。

「まあ、どうしちゃったの？」

充代が出て来て声を上げる。

「充代。こんなにひどい霧が出ること、ある？」

「いいえ！　たまには霧が出ることもあるけど……。こんなひどいのは初めて見た」

「これじゃ、とてもバスは走らせられないな」

と、君原は首を振った。

「仕方ないわ。事情を話して、様子を見ましょう」

「もしこのままだったら？」

「危険は冒せないわ」

しかし——これは普通の霧ではない、と藍は感じていた。

帰るな、と誰かが言っている。


白いシーツを広げた、臨時のスクリーンに、七五三の小さな振袖姿《ふりそですがた》でチョコチョコと歩く充代の姿が映し出された。

「——可愛いわね」

と、藍は言った。「これはおじいさまが？」

「ええ。祖父、桐生弥兵衛は八ミリ映画を撮るのが趣味で」

と、充代は肯いて、「私もよく撮られたから、憶えてる」

「とてもきれいな画《え》ね」

そう。——藍も、以前親戚《しんせき》の所で趣味の八ミリを延々と見せられて、うんざりしたことがあるが、このフィルムの方が、動きもスムーズに見える。

「それは、祖父が一秒二十四コマで撮っていたからよ」

「二十四コマ?」

「普通、八ミリ映画は一秒十八コマなの。でも特にマニア向けのカメラは、普通の映画と同じ二十四コマで撮れるようになってた。早くフイルムがなくなるから、たいていの人は十八コマで撮ってたのよ。でも、二十四コマだと動きも滑らかでしょ」

藍は初めて知った。

——霧は一向に晴れず、すでに真夜中。

藍は、充代に言われて、乗客には適当に休んでもらい、霧が晴れるのを待つことにして、その間に、「問題」を話し合うことにしたのである。

何しろ広い屋敷なので、空いた部屋でみんな横になったりしていた。

「——たいていは、こんな小さいころの私とか、父や母の映像なの。でも……」

充代は、次のフイルムを映写機にかけた。

「ともかく見て」

と、充代がフイルムを回した。

画面はモノクロで、どこかの野原、ワンピース姿の充代が花をつんでいる。

「——充代。これって、今の、あなたじゃないの」

「そうなのよ」

——確かに、そこにいるのは「大人の」充代だった。

充代は、しゃがみ込んで花をつんでいる。カメラは多少揺れながら、充代へ近付いて行く。

充代は、その撮影者が近付いてくるのに気付かなかったらしい。そばへ来て初めてびっくりしたようにカメラを見上げた。

そして、楽しげに笑うと、つんだ花を、少しおどけた様子でカメラの方へ向かって差し出して見せる。

口を開いて何か言っているが、フィルムはサイレントで、音声は入っていないので、分らない。

カメラは、さらに花をつむ充代を追い続けていた。そして、一息つくように立ち上った充代は、花の香りをかぐ仕草をした。

そして――ふと充代は不安げな表情になってカメラを見る。カメラが異常なほど充代に近付いていた。

突然、カメラが揺れ、同時に一つの手がのびて、充代の首をつかむ。

目をみはる充代。――首にかかった手の指に力がこもると、充代の顔は苦痛に歪《ゆが》んだ。

充代が地面に仰向けに倒れ、カメラもそのまま充代を真上から見下ろした。撮影者が体重をかけて充代の首を絞めている。

充代が激しく身もだえて、その手から逃れようとしたが、やがて力尽きた。

充代が苦悶《くもん》の表情で、口を半ば開いたまま動かなくなる。

——フィルムはそこで終っていた。

充代は映写機を止め、立って行って明りをつけた。

「分るでしょ」

「このフィルムが蔵に？」

「ええ。——どういうことだと思う？」

「分らないわよ、私だって」

「あれが私の運命なのかしら」

「そんな……。未来からの警告？」

「ね、藍。——あの中で私の着てるワンピースね、ついこの間、デパートで買ったものなの」

「本当？」

「ええ。今まで持ってなかった柄だったから……。買って、ここへ来るとき、バッグへ入れたの。——まだ着たことないのよ」

藍は、巻き戻されるフィルムを見ながら、何と言っていいものか、分らなかった。

廊下に、足音がした。

「——君原です」

と、声がして、障子が開く。

「君原さん。どう、外の様子？」

「相変らずだ。今夜は泊めていただくしかないよ。もう真夜中だし」

「私は構いません」

と、充代が言った。

「家へ連絡したいというお客もいますが、ケータイがつながるので、適当に借りてかけています」

「ともかく、お詫《わ》びしてくるわ」

藍は立ち上った。

自分たちの責任ではなくても、予定通りに行かなかったことには謝らなくてはならない。

「――今、俺《おれ》がここへ来たら、廊下にいた奴《やつ》があわてて逃げてったぜ」

と、君原が広間へ戻る途中で言った。

「誰だか分った？」

「いや、何しろ薄暗いから。コート着てたしな」

広間へ戻った藍は、参加者たちに事情を説明した。

参加者も納得してくれて、

「こんな家に泊れるとはありがたい」

という声もあった。

「――皆さんの分の夜具はありませんが、必要な方は、バスに毛布が積んであります。運んで来ますので、おっしゃって下さい」

と、藍は言った。

「手伝うよ」

と、君原が言った。

二人が母屋から出て、バスの方へ霧の中を歩いて行くと、

「待って！」

と、追いかけて来たのは、真由美。

「どうしたの？」

「私も、毛布運ぶの、手伝うわ」

「ありがとう」

どうやら、君原の手伝いができるのが嬉《うれ》しいらしい。

毛布の入った段ボールを一つ、君原と真由美に先に運ばせて、藍は気をきかせたわけでもないが、バスの中をザッと見回って、扉をロックしてから、もう一つの段ボールを抱えて屋敷の方へ――。

「大丈夫よ」

という声がした。

「しかし、大勢人が――」

「誰も出て来ないわ。この霧よ」

――藍は、さっき広間に、〈木村花子〉の姿が見えないことに気付いていた。

男の方は、充代の夫だ。

霧の中、藍はそっと声の方へ近付いた。

「――これだ」

「中へ入りましょ」

車が置いてあったのだ。

ドアの開く音。

「しかし、まずいよ。見付かったら」

「スリルがあっていいわ」

「かなわないな。あかねには」

と、河名が笑う。

「奥さん、知らないんでしょ？」

「何を？」

「あなたがリストラされたこと」

少し間があって、

「――中で話そう」

「話は後で」

ドアが閉まる。

藍も、それ以上立ち聞きする趣味はなかった。

あかねという女と河名。――以前からの仲だったのだろう。

もちろん、充代は知るまい。

――重苦しい気分で、藍は段ボールを持ち直すと、屋敷の方へ見当をつけて歩き出した……。

5

「――藍さん。――藍さん」

耳もとで囁《ささや》かれ、軽く肩を揺さぶられて、座布団を二つに折った枕《まくら》に、毛布をかけて眠っていた藍は、目を覚ました。

見上げると――薄明りにボーッと浮び上る、いくつもの顔。

「キャッ！」

と、思わず飛び起きる。

「ワーイ、引っかかった」

真由美が手を叩いている。

他の「顔」も、ツアーの常連たちで、

「いや、あんたも一応びっくりするんだね」

「からかわないで下さい！」

と、藍はむくれた。「かよわい乙女《おとめ》を襲いに来たのかと思ったじゃありませんか」

みんなが大笑いするのを、藍はにらんでいた。

「――ね、藍さん、今、午前三時なんだけど」

「三時？　夜中のおやつ？」

「あの蔵をもう一度見たいっていう人が何人もいて」

「今？」

「こんな時間だ。もっと何か幽霊が集まって宴会でもやってるんじゃないかと思ってね」

「――まさか」

「一つ、あの人に頼んでみてくれんかね」

こんな時間に起すのは気が進まなかったが、藍は起き出して、

「訊《き》くだけ訊いてみます」

「ありがとう！　無理にでなくても……」

午前三時に起しておいて、「無理にでなくても」はないだろう。

藍は、二階へと上って、充代がどこで寝てるのかと見回した。

「藍、どうしたの？」

びっくりして振り向くと、充代が階段を上って来る。

「充代、起きてたの？」

「うん……。ちょっと寝つけなくて」

「あのね、申しわけないんだけど……」

要望を伝えると、「どうせ起きてるし」と、充代は快く承知してくれた。

――そうなると、参加者の半分以上がゾロゾロと〈深夜ツアー〉に加わって、蔵へ向かった。

「冷えるね」

「霧は凄いな、相変らず」

交わす言葉も、ヒソヒソ話。

「——鍵をあけます」

充代が大きな鍵穴に鍵を差し込もうとしたときだった。

「——誰か来る」

と、藍が言った。

「え？」

霧の中から、ザッザッと砂利を踏む足音が近付いて来た。

「——どなた？」

と、充代が声をかけると、

「充代……。俺だ」

「あなた？」

藍は渡り廊下からスリッパのまま下りると、ぼんやりと見えた河名の手を取って、蔵の前の明りの所へ連れて来た。

「あなた。——どうしたの？」

充代が叫ぶように言った。

河名がその場に倒れ込む。——全身、ガタガタ震えて、そして血だらけだった。

「河名さん！　この血は？」

「俺じゃない……。俺は眠ってたんだ……」

と、河名はうわごとのようにくり返す。

「――車の中ですね」

「車って？」

「充代。――あなたはここにいて」

藍は、一人、霧の中へと入って行った。

血の匂い――いや、そこにまだ漂っている殺意が、藍を導いた。

車が見えた。ドアが開いて、だらりと白い腕が地面に落ちている。

あの「あかね」という女性が、頭から血を流して、下着姿で死んでいた。

頭を殴られたのだろう。血が窓に飛んでいる。

「この人……」

振り向くと、充代がついて来ていた。

「あかねさんといってたわ」

「主人と？――そうなのね」

「同じ会社の……。いえ、ご主人、会社を辞めていたようよ」

充代はため息をつくと、

「知ってたわ」

と肯いた。「様子がおかしいので、会社へ電話して、聞いたの」

「そう……」

「でも……浮気のことまでは、聞かなかったわ」

充代は苦笑した。

「これは殺人事件よ。警察へ知らせて」

「ええ……。主人が？」

「そうじゃないわ。ご主人は怖くて逃げ出したのよ。彼女を守らずに」

充代は肯くと、霧の中を戻って行った。

藍は、あかねという女の手首を取って、一応脈のないことを確かめた。

そのとき、霧の中から、

「助けて！」

と声がした。

「――充代！――充代！」

藍は立ちすくんだ。――霧に遮《さえぎ》られて、どこから声がしたか、分らない。

「充代！――どこ？」

必死で捜し回っても、充代の声はもうしなかった。

どうしよう！――藍は周囲を見回して、

「充代のおばあさま。――充代がどこにいるか、教えて下さい！　助けなくては！　お願いです！」

と、叫ぶように言った。

すると——霧の中に、一筋裂け目ができた。その先に、地面に組み敷かれて、首を絞められている充代が見えた。

「やめて！」

藍は突進すると、充代に馬乗りになっていた男に体当りした。

「ワッ！」

と転った男が起き上ったところを、藍は拳《こぶし》を固めて、

「ヤッ！」

と一撃した。

男はアッサリとのびてしまった。

「——充代！　しっかり！」

「ええ……。大丈夫よ」

充代は息をついて、「大して力が入ってなかった。——神原さん」

「返り血を浴びてるわ。あの女を殺したのね、この人が」

「でも——どうして？」

「充代のことが好きだったのよ、きっと。ご主人が、あの女と話しているのを聞いてし

まったんでしょうね」

「じゃあ……私のために？」

「さあ、どうかしら。――ご主人を殺すつもりで、間違ってあの女の方を殴り殺してしまったのよ、きっと」

「どこだ？」

と、君原の声がした。

「ここよ！」

藍は、霧が晴れて来ているのを感じた。

「――大丈夫か？」

「この人が犯人よ。ともかく、屋敷の中へ連れて行きましょう」

と、藍は言った。

何かが足に当った。――太い薪《まき》だ。

「血がついてるわ。でも、充代にはこれを使おうとしなかったのね」

「感謝する気にはなれないわ」

と、充代は首をさすりながら言った。

障子を開けると、映写機がカタカタと音をたてていた。

暗い部屋の中、映し出されている充代の花をつむ映像に、端然と正座して見入っているのは——。

「おばあさま」

と、藍は言って、「ありがとうございました。充代は無事です」

「ええ、おかげさまで」

と、信子は頭を下げた。

「神原という人、ずっと充代さんのことを思っていたようです。充代さんのため、とご主人を殺すつもりで、間違ってご主人の恋人を殺してしまい、絶望して、一緒に死のうと充代さんの首を絞めたんです。でも、結局は殺せなかったと思います」

「気の毒な人。——河名の方が許せないわね」

「いずれ、その財産を狙《ねら》って、充代さんに危害を加えたかもしれません。分って良かったのかも」

「充代は立ち直ります。若いんですもの」

「ええ」

「力になってやって下さいね」

「できる限りのことは」

と、藍は言った。「——この映像は、どういうことですか？」

信子は、画面を見て、

「よくご覧なさい。これは充代じゃないの」

「え？」

言われてみると、髪型も、顔も微妙に違っている。

「それじゃ……」

「これは、充代の母親です」

「お母さま？」

「本当のね。――怖いくらい、そっくり」

と、信子は言った。「あの子を育てたのは、ここへ奉公に来ていた娘です。充代はその子を母親と信じていた。父親は早く亡くなってしまったので」

「これは……現実にあったことなんですか」

「ええ」

――そっくりな母と娘。服の好みも、同じだった。そっくりの服を選んでいた。

「あの子の祖父――私の主人は息子の嫁に惚《ほ》れて、力ずくで自分のものにしていたのです」

「おじいさまが？」

「ええ。でも、嫁は怒りもしない夫に失望し、他に若い恋人を作ったの。主人はそれを怒って……首を絞めて殺してしまったんです」

「そんなことが……」

「家中で、それをひた隠しにして、闇《やみ》へ葬ってしまいました。嫁はよその男と駆け落ちしたということにして」

信子は首を振って、「何より〈家〉を守らなくては、という時代だったのです」

「おじいさまはそれを八ミリに——」

「熱中していましたからね。愛した女の最期《さいご》を記録しておこうと思ったんでしょう」

「よく、そのフィルムが……」

「私は、主人の亡くなった後、フィルムを整理していて、これを見付けたの。——処分してしまったら、本当のことを誰も知らずに終ってしまう。残しておくことにしたのです」

「それを充代さんが見付けたんですね」

「あの蔵へ入って来たときから、河名という男に、悪意を感じて、充代に警告したんです。でも——私自身、夫が人を殺したのを知りながら黙っていた。だから、はっきりそうと充代には言えなかったの」

「分ります」

「あなたのような方が来て下さって、助かったわ」

信子は微笑んだ。

「このフィルム、処分しますか？」

「お任せするわ。——今はまだ、充代に話さないで。いずれその内……」

「分りました」

「あなたには何とお礼を申し上げればいいか……」

「そんなこと……」

と、藍は首を振って、「あの——もしよろしければ」

「何でしょう？」

「ほんのしばらくでいいんですけど……。あの蔵に時々、出没して下さると嬉しいんですが」

信子が楽しげに笑って、

「いいですとも。私も退屈しのぎになるわ」

「恐れ入ります」

「何なら、蔵の正面に、〈すずめバス〉のマークでも入れる？」

「そこまでしていただかなくて、結構です！」

と、藍はあわてて言った。

——そして、これで今度の冬のボーナス、何とか出るかもしれないわ、と心の中で呟《つぶや》いたのだった……。

奈落《ならく》は今日も雪が降る

1

娘は歩み出た。

「その手紙を書いたのは、私です」

居合せた人々が動揺する。娘は続けて、

「私、決心したのです。この家を出て行こうと」

よく響く声が、静まり返った客席の隅々まで届く。

「何を言う！」

父親は、車椅子《くるまいす》を操って娘の方へと向くと、信じがたい様子で我が娘を見つめた。

「お父様。いつかはこうならなくてはいけなかったのよ。それが今日であっていけないということはないわ」

「いかん！　母さんが亡くなった、その日に出て行くと言うのか」

「だからこそです。今まで私をこの家に縛りつけて来た、『母』という縄が切れたの。今行かなくては、私は自分の人生を見付けられなくなってしまう」

——その娘のセリフの半ばから、上村《かみむら》には全く耳に入らなくなってしまった。

いや、聞こえてはいるのだ。

この〈人間座〉のトップ女優、須川《すがわ》えりの声は力強く、輝かしく響いて、五、六メートル離れて車椅子に座っている上村のお腹《なか》にぐっと食い込んでくるようだった。

しかし、今の上村には、須川えりの名セリフに聞き惚《ほ》れているゆとりなどない。

「お父様、どうか私をこのまま行かせて下さい。お母様も、きっと分って下さるわ」

須川えりが大きく息を吸い込んで、上村の方を見る。

上村は苦悩の表情で、客席の空間へと目をやった。

その苦悩は演技ではなかった。——セリフが出て来ない！

血の気がひく。冷汗がどっと出て、こめかみを伝い落ちる。

こんなことが……。よりによって、このラストの一番の盛り上りの最中に！

しかし、焦れば焦るほど、上村の頭には全く別の場面のセリフばかりが浮んでは消える。

何てことだ！　神も仏もないのか？

——〈人間座〉の財産として演じられて来た戯曲、「樫《かし》の木の庭」。

その父親役という大役に抜擢《ばってき》された、公演初日。——上村にとっては眠っていても夢に出て来るほど頭へ叩《たた》き込んだセリフが、突然頭の中から逃げ出してしまったのである。

お願いだ！　思い出せ！　思い出せ！
あれか？　これか？
違う！　それは第一幕の幕切れだ。
頼む！　思い出せ！
しかし、上村の必死の願いも空《むな》しかった。
須川えりの目が上村を射すくめる。
娘の役の目ではない。この〈人間座〉のトップ女優、須川えり本人の目になっていた。
忘れた？　冗談じゃないわよ！
その目は叫んでいた。
上村は車椅子の老人の役だ。プロンプターは袖《そで》に控えているが、距離がありすぎた。
上村に聞こえるようにつければ、客席にもはっきり聞こえてしまうだろう。
おしまいだ！
上村は目をつぶった。
そのとき――。
上村の耳もとで、小さな声が囁《ささや》いた。
「私の夢は、この樫の木のある庭で、親子揃《そろ》って、熱い紅茶を飲むことだった……」
ハッとした。

突然、消えてしまったときと同じように、すべてのセリフが頭の中に浮び上った。

上村は深く息をつくと、目を開き、

「私の夢は、この樫の木のある庭で、親子揃って、熱い紅茶を飲むことだった……」

と、ゆっくりした口調で、ひと言ひと言はっきりと言った。

舞台に張りつめていた緊張がとけるのが分る。

上村は、その後は考えることもなくスラスラとセリフが出て、須川えりのリアクションをじっくり観察する余裕すらあった。

「この樫の木だけが、私たちの最期《さいご》を見ていてくれるだろう……」

上村一人が舞台に残り、静かに照明が落ちて幕が下りる。

拍手が湧《わ》き上った。

上村はぐったりとして、立つ気力もなかった。

「——さ、立って！」

須川えりが出て来て、声をかける。「カーテンコールもお芝居の内よ！」

「はい！」

上村はあわてて立ち上った。

出演者全員が一列に並んで、幕が上る。

拍手がじかに降り注いだ。

一旦《いったん》袖へ入ると、一人ずつが舞台へ出て行く。

「上村君」

と、須川えりが言った。

「はい」

「最後、あんなに長く間《ま》を空けるから、ハラハラしたわよ。セリフを忘れたのかと思った」

「は……」

上村は目を伏せた。「実は――」

「でも、父親にとっては、思ってもいない娘の反抗ですものね。あれくらい間があってもいいかも」

「はあ……」

「君の番よ！」

「は、はい！」

「走らないで！　君の役は老人なんだから！」

上村は舞台へ出て、客席に向かった。

拍手がひときわ大きくなった。――気のせいではない。

観客は感心してくれている。

上村は深々と頭を下げ、袖へ戻った。

「愛想がないわね」

と、須川えりが苦笑して、「もう少し拍手を一人で浴びる気分を味わいなさい」

「そんな余裕ないです」

上村の言葉に、須川えりは笑った。

そして——主演の須川えりが一人で舞台へ。拍手は最高潮に達した。

上村も袖で力一杯拍手した。

ともかく終った。無事にすんだ。

しかし——上村は初めて気付いた。

あのとき、耳もとでセリフをつけてくれたのは誰だろう？

プロンプターは舞台の袖にいて、出てくるわけがない。

といって、あの場面で、上村のそばには誰もいないはずなのである。

妻の死を聞いて、弔問に訪れた人の役は何人かいるが、みんな舞台の反対側の方に固まっていて、彼のそばにはいない。

声が聞こえる範囲にいたのは、唯一、須川えりだけだが、彼女は上村のセリフをじっと待って立っていた。

では——一体誰なのだろう？

「さ、もう一度全員で！」

と、須川えりに促されて、上村は我に返った。

2

「本日は誠にありがとうございました」

町田藍はマイクを手にすると言った。「また皆様とこの〈すずめバス〉でお目にかかれますように」

客の間から、

「また〈霊感ツアー〉をやってくれ！」

と、声が上った。「そしたら、毎日でも来るよ！」

笑い声と拍手。

といっても、五十人乗りの大型バスに十五人の客だ。万雷の拍手ってわけにはいかなかったが……。

「ご希望は承っておきます」

と、藍は言った。「ただ、幽霊の方から、なかなかお呼びがかからないものですから」

笑いが起る。

そしてバスは歩道へ寄せて停《と》まった。

藍は扉を開けると、

「どうぞお忘れ物のないように、今一度お確かめ下さい」

と言って、先に降り、降りてくる乗客一人一人に、ていねいに頭を下げる。

——町田藍は二十八歳の観光バスガイド。

以前は業界最大手の〈Hバス〉に勤めていたのだが、リストラにあって、今の〈すずめバス〉へ移った。

〈はと〉と〈すずめ〉じゃ、大分イメージも違うが、会社の規模も雲泥の差。

それでも、藍はこの仕事を楽しんでいた。

「——ありがとうございました」

と、藍が頭を下げて——。

あと一人いたんじゃないかしら?

ちゃんと人数は数えている。

すると、ドライバーの君原が、藍と目が合うとちょっと座席の方へ目をやった。

誰か残っているのだ。藍はバスへ乗り込むと、

「——お客様。どうかなさいましたか」

と、通路を進んで行った。「ご気分でもお悪いんですか?」

メガネをかけ、グレーのコートを着たままずっと座席に座っていたその女性は、確か約三時間のコースの間、ほとんどバスから出ず、他の乗客とも口をきかなかった。

「ごめんなさい」

と、その女性は顔を上げると、「町田藍さんですね」

「はい」

「私、須川えりといいます」

メガネを外す。——名乗って、メガネをスッと外す、そのタイミングに、素人《しろうと》ではない「見せる本能」が感じられた。

「あ、女優の……。失礼しました。気付きませんで」

「気付かれないようにしてたんですもの」

と、須川えりは微笑《ほほえ》んで、「今日、このバスに乗ったのはね、あなたとお話がしたかったからなの」

「私と、ですか」

「ええ。〈幽霊と話のできるバスガイド〉って、有名なんですってね」

藍はため息をついて、

「大げさに宣伝しているだけです。うちの社長が方々で言いふらして回ってるものですから」

「でも、幽霊と話せることもあるんでしょう?」

そう訊《き》かれると、嘘《うそ》もつけず、

「まあ……たまに、ですけど」

と、口ごもる。

ドライバーの君原が、

「停《と》めとけない。出すぞ」

「あ、待って!——須川さん、バスは営業所へ戻らなくては……」

「じゃ、ご一緒します。その間に聞いて」

仕方ない。

バスが動きだすと、須川えりはコートを脱いだ。

藍は、ちょっとびっくりした。

須川えりは白いドレスを着ていたのである。

「ごめんなさい、こんな格好で。これ、舞台の衣裳《いしょう》なの」

「本番なんですか」

「いえ、今日はマチネー。終ってから時間がなくてね。すぐ飛んで来たものだから」

「何の衣裳なんですか?」

「オフィーリア」

「あ、『ハムレット』の」

「ええ。――上村淳二《じゅんじ》君をご存知？」

「上村……。あ、もしかして大学の先輩ですか？」

「ええ。彼が今、『ハムレット』の中で、ハムレットの親友、ホレーショを演《や》ってるの」

「本当に役者さんになったんですか！」

藍はびっくりした。

上村は演劇部などには入っていなかった。自分で発声や動きを勉強して、

「いつか役者になる」

と言っていた。

まさか本当に……。

「上村君が話してたの。週刊誌の記事を見てね。『こいつ、僕の大学の後輩ですよ』って」

「お恥ずかしいです」

藍は、通路を挟んで席に腰をかけて、「でも、なぜ私に……」

「力になっていただきたいの。――お願いします！」

と、須川えりが頭を下げる。

「私にできることでしたら」

「あなたにしかできないの」

と、女優は言った。「『ハムレット』に幽霊が出るの」

「ええ、知ってます。冒頭から、ハムレットの死んだ父親が亡霊になって――」

「そうじゃないの！　今の舞台に、本当の幽霊が出るのよ」

と、須川えりは言った。


「いや、大変に光栄です」

と、〈すずめバス〉の社長、筒見が馬鹿ていねいに頭を下げた。

営業所――といっても、ここしかないので、〈本社〉でもある――の古ぼけた応接セット。社長の筒見は、

「この町田君は、我が社のホープです！」

と、藍の肩をなれなれしく叩いて、「何でも言いつけて下さい」

「恐れ入ります」

と、須川えりは言った。「ぜひ町田さんのお力をお借りしたいことが……」

「どうぞお話し下さい。私は、そこで仕事をしております」

筒見は、ソファから衝立《ついたて》一つ向うの自分の席に戻った。

もちろん、須川えりの話は聞こえるに違いない。

まさか、社員の藍が「出てて下さい」とも言えず、諦《あきら》めて須川えりの話を聞くことにした……。

「あのプロンプター、誰だったんだろう」

と、上村が言った。

「——え？」

まどろみかけていた須川えりは、目を開けて、「プロンプターって言ったの？」

「ええ」

「プロンプターは由紀《ゆき》ちゃんだったでしょ」

「そうじゃないんです。あの終幕の長ゼリフ、僕、忘れてしまってたんですよ」

「まあ、やっぱり？　長い間《ま》だと思ったけどね」

——「樫の木の庭」の初日の夜。

全員で、楽屋で乾杯してから、

「じゃ、明日からずっと続くのよ、頑張ってね」

と、えりがみんなに言って、すぐお開き。

ところが、帰りかけた上村へ、

「ちょっと残って」

と、えりは声をかけたのである。

上村は、何か注意があるのかと覚悟して待っていた。

他のメンバーがみんな帰って行く。

「上村さん、良かったわよ」

と、プロンプターをしている若い劇団員、戸田《とだ》由紀が、笑顔で声をかけて行く。

「ありがとう。君も次はいい役がつくよ」

「どうかしら」

と、由紀は笑って、「じゃあ」

「お疲れさま」

——結局、トップ女優は最後に出て来た。

そして、

「少し付合って」

と、自分の車に上村を乗せて、この自分のマンションへ連れて来て、「付合せた」のである。——ベッドの中まで。

上村としては、仰ぎ見る存在のえりである。拒むわけにもいかず、といって、これが現実かと半信半疑のまま、寝てしまった……。

「——よく思い出したわね」

と、えりは指先で上村の胸をさすりながら言った。「一旦忘れると、パニックになって思い出せないわ、普通」

「誰かがつけてくれたんです」

「――誰か、って？」

「それがふしぎで……。あれは男の声でした。それも耳のすぐそばで。あのセリフの頭の一行を……。それでパッと思い出して。――すみません。初日、台なしにするところでした」

「よくあるわよ」

「でも――あのときはもう、役者も終りだ、と思いましたよ」

「誰だって、そんな経験はしてるのよ」

と、えりは言った。「でも――その声、姿は見なかったの？」

「ええ。振り向くわけにもいかないし……。あのとき、そばには誰もいませんでしたしね」

えりは、眠気がさめてしまった。

「確かに聞こえたの？　気のせいじゃないのね？」

「あんな都合のいい『気のせい』はないですよ。でも、誰だっていい。ともかく大事な舞台を救ってくれたんですから」

と、上村は言った。「あの――須川さん」

「なあに？」

「すみません」

「――何が？」

「いえ、その……こんなことに……」

えりは笑って、

「私があなたを引張り込んだのよ」

「ですから……。お礼を言うつもりだったんです。それがつい、『すみません』と……」

えりはベッドから出て、裸身にガウンをまとうと、

「シャワー、浴びる？　そのまま眠ってもいいわよ。明日は夕方劇場へ入ればいいから、お昼ごろには起してあげる」

「いえ、そんな！」

上村は起き上って、「帰ります、アパートに」

「今から？　もう夜中よ」

「でも……須川さんのマンションに泊るなんて。僕みたいな駆け出しが」

「あなたって、真面目《まじめ》な人ね」

と、えりはベッドに腰をおろした。「気にしなくていいのよ。あなたを取って食おう

ってわけじゃないわ。初日の夜って、時々むしょうに男と寝たくなるの」

「じゃ、僕じゃなくても良かったんですね」

「まあ……そうかな」

「良かった。――いえ、僕じゃ大してお役に立たなかったんじゃないかと思って」

「そんなことないわよ」

「そうですか」

と、上村は照れたように頭をかいて、「じゃ、帰ります。こんな立派なベッドじゃ、どうも落ちつかなくて。アパートの冷たい布団の方がホッとします」

「好きにして。じゃ、タクシー代を渡すわ」

「歩いて帰ります」

「馬鹿言わないで。明日も舞台はあるのよ」

えりは、電話が鳴り出すのを聞いて、急いで寝室を出た。

「――はい。――どうも。――分りました。――ええ、もちろん」

短い電話だった。

えりは、寝室へ戻ると、せっせと服を着ている上村へ、

「ごめんなさい。やっぱり帰ってちょうだい。お客があるの」

と言った。

上村の手に無理にタクシー代を握らせて送り出すと、えりは寝室へ戻り、乱れたベッドを眺めていたが、やがてふっと微笑んでシーツを一気にはがした。

3

ハムレットが兵士たちの手で高く持ち上げられ、デンマーク国旗で覆われると、遠くに大砲の音が響く。

弔砲の轟《とどろ》く中、静かにハムレットの体は舞台の高みへと運ばれて行き、小太鼓の連打が高鳴る内、幕が下りた。

拍手の勢いが幕を通して伝わってくる。

「——ああ、疲れた！」

ハムレットが下り立ってハアハア息をついた。「幕の下りるまでが長くないか、昨日より？」

「まさか」

須川えりが笑って、「年齢《とし》のせいよ」

「言ってくれるね」

ハムレットが、スタッフの一人の渡した冷たいおしぼりで軽く顔の汗を拭《ふ》く。

「さあ、カーテンコールだ」

主なキャストが一列に並んで、舞台へ出る。

袖に立って、町田藍はその光景を眺めていた。

上村は、ハムレットの誠実な友、ホレーショを精一杯演じていた。

その姿勢は役のキャラクターとも合って、好感の持てるホレーショだった。

盛んな拍手に応《こた》えた後、全員一旦袖へ入ってくる。

「――上村さん」

と、藍が声をかける。

「町田君か！　やあ、久しぶり」

ホレーショは、一瞬の内に大学の先輩に変っていた。

「すてきでしたよ」

「そうか？　ま、君はいつも正直だったからな。信用しとこう」

一人ずつ舞台へ出て拍手に応える。

「あ、僕の番だ。じゃ、待っててくれよ」

「ええ」

上村が舞台へ出て行く。

藍は少し袖から舞台の方へ進み出て、じっとその空気を感じていた。

色々な感情の名残《なご》りが渦巻いている。――プライド、幻滅、嫉妬《しっと》、羨望《せんぼう》、憧《あこが》れ……。

あらゆる感情が、舞台の上に入り乱れている。

ふと、藍の目は舞台の高い天井の方へと向いた。

その辺りに何か――舞台の熱気とは程遠い冷たい空気が漂っている。

あれは、もしかして……。

――上村が戻ってくる。

「さ、さまになってますよ」

と、藍は言った。

「時々、どっちに客席があるのかも忘れちまうよ」

と、上村は笑った。

藍は小声で、

「須川えりさんと北上拓弥《きたがみたくや》とどっちがラストに出るんですか?」

と訊いた。

北上拓弥は、ハムレットを演じている役者だ。人気も実力も須川えりの方が上だが、ハムレットを彼女がやるわけにはいかない。

「何といっても、タイトルが『ハムレット』だからね。でも、二人一緒に出ることになってるよ」

順番が来た。——えりが、北上へ、

「待って」

と言った。「私が出る。あなた、次に一人で出て」

「分った」

北上は、少し戸惑っているようだったが、カーテンコールで最後に出るのは一番のメインキャストだ。えりが譲った格好である。

えりが出て、たっぷり拍手に応えてから戻ってくる。

北上はシャンと背筋を伸ばして、舞台へ出て行った。

藍は、天井近くに白い冷気が渦巻いているのを見た。ずっと強くなっている。

「——危いわ」

と、藍が上村の腕を取って、「北上さんの身に何か——」

「え？」

そのとき、天井から紙を細かく切った雪が、一気にドサッと落ちて来た。それはみごとに北上の頭に降り注ぎ、アッという間にハムレットは真白になってしまった。

客席はドッと笑いに包まれる。

北上は天井の方をにらみつけたが、それでも精一杯動揺を隠して袖へ戻って来た。

「どうなってるんだ！」

と、北上が怒鳴った。「これじゃ、ハムレットがリヤ王になっちまう」

「ごめんなさい」

えりは北上の頭から雪を払い落として、「今、助手の子が見に行ってるわ」

「僕を狙《ねら》ってやったとしか思えない！」

「まさか。手違いよ」

「いや、手違いで、あんなにうまく僕の真上に落ちるもんか！」

「ともかく今は、最後のカーテンコール。ね？」

「分ったよ。しかし、このままじゃすまないぞ！」

北上は怒りで真赤になっていた。

――幕が下りて、客席も明りがつく。

「お疲れさま」

と、あちこちで声が飛ぶ。

「――どうだった？」

えりが、駆け戻って来た助手に訊く。

「誰もいません！　僕、ずっとあのそばにいたんで、誰かが上るか下りてくれば、見えないわけないんですけど」

「そう。――分ったわ、ご苦労様」

えりは、北上の方へ、「ね、やっぱり偶然よ」

「違う！　大体、この公演、ずっと妙なことばかり起るじゃないか！　誰かが僕にしくじらせようとしてるんだ」

「北上さん――」

「僕はもう降りる！」

そう言い捨てて、ハムレットは大股《おおまた》に楽屋へと行ってしまった。

「――大丈夫なの？」

と、藍は言った。

「毎日ああなんだ。須川さんが後でなだめて、機嫌が直る。そのくり返しさ」

上村はホッとした表情で、「明日は休演日だ。――メイクを落としてくる。待っててくれよ」

「ええ」

役者たちが消え、スタッフが舞台の上を片付け始めると、照明も落ちて、急に侘《わび》しい雰囲気になる。

藍は、袖の辺りで邪魔にならないように立っていた。

「あの……」

と、後ろで声がした。

「あ、ごめんなさい。邪魔しちゃった？」

「いえ、違うんです。——町田さんですか」

「ええ」

「私、戸田由紀といいます。今、プロンプターをやっていて」

控え目な、おとなしい感じの女の子である。

「上村さんの話してた、〈霊感のあるバスガイドさん〉ですよね」

「ろくな話はしてないのね」

と、藍は苦笑した。「そのバスガイドよ」

「すてき！　幽霊と話ができるって、どんな気分ですか？」

「いいことはあんまりないわ」

と、藍は言った。「でも多少、人より直感が鋭いってことはあるかしら」

「何か分ります？」

「たとえば、あなたが上村さんのことを好きだってこととかね」

言われて、由紀が真赤になる。

そんなことは、特別霊感がなくても分る。

「——でも、上村さん、須川さんと……。私なんか、須川さんとじゃ比べものにならないもの」

由紀は少し寂しそうに言った。

「須川さんは何よりまず女優。上村さんとの仲は一時《いっとき》のものだと思うけど」

と、藍は言った。

「――おい！　由紀ちゃん、こっち手伝って！」

と呼ばれて、

「はい！」

と、由紀は駆けて行った。

藍がぶらりと楽屋の方へ歩いて行くと、もう帰って行く役者も何人かいた。

「――えりはまだ出て来ないのか？」

と、不機嫌な声に、藍は振り向いた。

まさか自分が言われたとは思わなかったのだが、その小太りな赤ら顔の男は、どう見ても藍に向かって言ったのだった。

「聞こえないのか！　えりは？」

ずいぶん横柄な言い方だ。――しかし、藍はこういう人間の相手をするのには慣れている。

「まだ楽屋においでだと思いますけど」

と答えると、

「何をぐずぐずしてるんだ！　急ぐように言え」

「でも、須川さんは、ハムレット役の北上さんが『降りる』とおっしゃったんで、思い直していただくように話をしておられたんです。それで遅くなられてるんだと思いますけど」

「君は何だ！　君の言いわけなど聞きたくない」

背広姿のその男、藍の方へ近寄ってくると、

「君は……新人か？」

なぜか、まじまじと藍の顔に見入っている。

「いいえ。私、上村さんの友だちです。大学の後輩で」

「そうか……」

男は急に遠慮がちになって、「申しわけない。てっきり――」

「いいんです。あなたは……」

「私は、この劇団〈人間座〉のスポンサー、大崎《おおさき》というもので」

と、男は言った。

もらった名刺を見ると、七、八社の社名が並んでいて肩書はただ一つ、「取締役社長」！

「町田と申します」

藍は名刺など持って来ていない。

「彼女は――えりは北上君をうまく説得したのかな」

「さあ……。でも、降りられたら困るわけでしょう。まだ公演は続くわけですし」

「そう。北上君もそれは分ってると思うんだが……」

そこへ上村が着替えをすませてやって来た。

「待たせたね。――あ、大崎さん」

「やあ。とてもいいって評判だよ」

「恐れ入ります」

なぜか、上村の言い方はよそよそしかった。

「町田君、行こう」

「ええ。――じゃ、失礼します」

藍は、さっさと先に立って行く上村を急いで追いかけた。

「――何を苛々《いらいら》してるんです？」

外へ出て、一緒に歩き出すと、藍は訊いた。

「大崎さ。どうにも好きになれない」

「珍しいわ、上村さんがそんなに感情をむき出しにするなんて」

「感情的と言われると……。ま、否定はできないがね」

上村はコートのえりを立てた。「一杯やろう。どうだい？」

「ええ、お付合いします」

——上村は、近くのバーを、

「うちの連中が必ず二、三人いるから」

と避けて、わざわざタクシーで遠いバーに行った。

「——大崎って人、スポンサーって言ってたけど」

「あいつがいなかったら、〈人間座〉の財政は成り立っていかない。残念ながらね」

「でも、その一方で、須川さんを愛人にしている。違います？」

「その通り。えりさんは、奴《やつ》の出資を引き出すために、あいつと寝てる」

「でも——須川えりともあろう人が？」

「事実そうなんだから仕方ないだろ」

上村の腹立ちには、やはり半分は「えりは自分のもの」という思いからくる嫉妬があった。

「でも、上村さん。あなたのこと、戸田由紀って人がとても好いてるようですよ」

「ああ、由紀ちゃんね。いい子だよ、真面目だし。ただ——あんまり人前へ出て行く度胸がない」

と、上村は言った。「ところで、町田君、須川さんがどうして君を呼んだんだ？」

「さあ……。心配そうでしたよ、須川さん」

「幽霊騒ぎ？　まあ、舞台にはつきものだよ」

「さっきの雪みたいに」

「そうそう」

と、上村は笑って、「奇妙なことと言っても、どれもあんな他愛《たわい》のないいたずらの類《たぐい》なんだ」

「それならいいんですけど。——でも、須川さんは不安そうです」

「そりゃあ、事実上、彼女が〈人間座〉のリーダーだからな。何ごともなく公演が終ってほしいと思ってるんだよ」

それだけならいいが……。

正直、藍も不安を覚えていたのである。

「——君の話を聞きたいね。お化けの出る所はどうやって捜すんだい？」

と、上村は楽しげに言った。

4

ドアの鍵《かぎ》があいている。

そんな予感があった。

藍は、夜中の劇場へ入るのなど初めてだったが、自分と直接縁のない所だけに、特別怖くはなかった。

どこをどう通ったのか、舞台の袖に出ていた。

明日は休演だが、明後日《あさって》のために、第一幕の城壁のセットが組まれている。

ここにハムレットの父の亡霊が出て、弟の手にかかって殺されたてんまつをハムレットに語って聞かせる。

藍は舞台に出て立った。

一人で立っていると、舞台はとても広く感じられる。

「ライトはいらんかね？」

そう言われて、振り返る。

黒い長い衣を身につけた男が立っている。

「あなたは……ハムレットの父？」

「そう。この衣裳は父の亡霊だ」

四十前後の、スタイルも顔立ちもいい役者である。

「今日、出ていました？」

「端役でね」

「そうですか」

「私は君のことに気付いていたよ。可愛い人だと思った」

いい声である。

「ありがとうございます。でも、私、役者じゃないので」

「らしいね。しかし、声もよく出ている。話をする職業では？」

「当り。——バスガイドです」

「面白い仕事だ」

「いろんなお客様と出会います」

「しかし——いつかスポットライトを浴びてみたいと思わない？」

「思いません。そういうことには向いてない人間で」

「惜しいなあ。きっと役者になっても大成するのに」

「ありがたく承っておきます」

と、藍は言って、「あなたは——」

そのとき、袖から、

「誰なの？」

と、声がした。

「須川さんですか？　町田藍です」

「まあ……。こんな所になぜ？」

と、須川えりが出てくる。

「気になることがあって。そしたらこの方と——」

藍は言葉を切った。

そこには誰もいなかった。

「町田さん……」

「私——今、幽霊と話してたんだわ！」

藍は唖然《あぜん》とした。「でも、全く気付きませんでした！」

「一人で話してたわ、あなた」

「そうですか……。四十くらいの、スラリとしたすてきな男性でした」

えりはため息をついて、

「やっぱりね」

と肯《うなず》いた。

「ご存知ですか」

「矢田進吾《やだしんご》。——〈人間座〉のトップとして、とても人気のある役者だった」

えりは藍を促して、楽屋へと案内した。

明りをつけ、鏡の前に座ると、

「この人でしょ？」

と、写真を一枚バッグから取り出した。

「この方です」

ポートレートではなく、活《い》き活きとしたスナップだった。——笑顔が魅力的だ。

「私が十代で〈人間座〉へ入ったとき、矢田はトップスター。神様のような存在だった」

と、えりは言った。「でも、神様も男だった。それを初めて知ったのは、矢田のベッドに引張り込まれたとき……」

「——そうだったんですか」

「そのときはショックだったけど、すぐに夢中になったわ。彼のためにも、うまくならなくちゃ、と思った。必死で稽古《けいこ》し、セリフを憶え、実際、次々に役を手に入れた。でも……」

「矢田さんの気持が変った？」

「——そう」

えりは肯いた。「ある日、矢田のマンションを訪ねてみると、舞台に客演してる他の劇団の女優がベッドに……。私は泣きながら飛び出したわ」

「それで？」

「翌日の舞台。——私は矢田と一緒に出ていて、それでも、舞台はちゃんとやらなくちゃ、と思ってた……」

「何があったんです？」

「私が矢田の娘の役。——矢田の長いセリフがあって、それがそのお芝居の一番の見せ場だった」

えりは首を振って、「お客もそれが分ってる。——一瞬、場内は息を殺して、朗々たる矢田の声が響くのを待ってた」

「それが……」

「矢田は——忘れてたの、セリフを」

「そんなことが……」

「あるの。むろん、どんな名優にもね。やっぱり、前の晩のことが矢田の頭にあって、いくらか余計なことを考えてたんでしょうね。——間が長すぎる。そう思って、矢田の方を見た。矢田は青ざめて私を見ていたわ」

えりは目を閉じて、「今もあの顔は忘れられない」

「それで？」

「私はすぐそばにいた。そして、もちろん毎日聞いてるから、そのセリフも憶えていた。矢田は助けを求めてたの。出だしのひと言、それさえ分れば、すぐに思い出せる。——

私が、ほんのひと言、声を出さなくても、口を動かせばそれで充分だったでしょう」

「どうしたんですか？」

「私は——前の日の恨みを晴らしてやりたかった。わざと矢田から目をそらして、口を固く閉じていた」

「お客もそれを……」

「客席がざわついたわ。プロンプターの子があわてて袖でセリフの頭を言った。でもその声が客席にもはっきり聞こえてた……」

「でも、それは珍しいことじゃないんでしょう？」

「矢田にとっては、初めての屈辱だったの。しかも、客はそのことを外でしゃべりまくるに違いない。——矢田は、その夜、姿をくらましてしまったわ」

「舞台に穴をあけて？」

「ええ。——私も後悔してた。あのとき、どうしてひと言、つけてあげなかったのか……」

「矢田さんはどうなったんです？」

「二、三日して、海に落ちた車が引き揚げられ、その中に矢田が……。事故ということで処理されたけど、みんな、あれは自殺だったと思ってるわ」

「でも、今は須川さんが代って〈人間座〉を支えてるんですから」

「罪滅ぼしよ」

と、えりは言った。

「この間、上村さんにセリフを教えたっていうのが、矢田さんだったんでしょうか」

「聞いてすぐそう思ったわ」

と、えりが肯く。

「でも、須川さん、何を恐れてらっしゃるんです？　矢田さんの幽霊が出たとしても、聞くと、大したことはしてないじゃありませんか」

と、藍は言った。

えりは、バッグから布にくるんだものを取り出した。

「自分のことを思い出したんだわ、きっと」

「――それは？」

「見て」

藍はその布を広げた。

ナイフ。――本物の、先の鋭く尖《とが》ったナイフだ。

「これは？」

「『ハムレット』の中で、ホレーショの座る椅子があるの。その背もたれに仕込んであった」

「大丈夫だったんですか？」

「直前に、私が気付いたの。ナイフの刃の先端が少し出ていて、そこがライトを受けてキラッと光ったから。私は、ホレーショの邪魔をして、隣の椅子へかけさせた。上村君は面食らっていたけど」

「――それが幽霊のせいだと？」

「分らない。でも、他に誰が？」

「矢田さんが上村さんを恨むわけでもあるんですか」

えりは少し間を置いて言った。

「私が本気で上村君を愛してるからよ」

「でも――」

「大崎とは、今夜別れて来た。援助してもらえなくなれば、劇団は大変だけど、仕方ない。――この公演が終ったら、私、上村君と結婚するわ」

と、えりは言った。

5

「観劇ツアーとは珍しいね」

と、乗客の一人が言った。

「でも、何が出るんだろ？」

藍は、バスの中を見回して、

「いつもの通り、必ず出るとお約束はできません。でも、可能性はあります」

「楽しみだわ！」

いつも〈霊感ツアー〉に参加している十七歳の女子高校生、遠藤真由美がワクワクしている様子で、「今日はどんな幽霊に会えるのかしら」

「現実の男じゃつまらないんじゃないのか」

と、なじみの他の客にからかわれ、

「もちろん！　幽霊と結婚して、幽霊の子を生みたいんです」

と、真由美は言い返した。

「――あれか？」

ドライバーの君原が言った。

「そう。あの正面につけて」

君原は、バスをうまく寄せて停めると、

「『ハムレット』だっけ？　俺も見たいな」

「一緒に来て。席を用意してくれるわ」

――藍は、開場したばかりの劇場の中へとツアーの参加者を案内した。

「町田さん」

戸田由紀がやって来た。「こちらです」
三、四人ずつ、空いた席へと分れて座る。
「——無理言って、ごめんなさい」

と、藍は言った。

「いいえ。でも、須川さんが『バスでうちのお芝居見に来るって初めてね』って笑ってました」

と、由紀が微笑んだ。

「——あのハムレットさん、大丈夫だったの？」

「北上さんですか？　ええ、次の日にはケロッとしてるんです」

楽屋へと向かいながら、由紀は言った。

「私——これが終ったら、劇団、やめようかと思ってるんです」

「上村さんのせい？」

「いえ……。才能ないし。それと、確かに上村さんのことも……。結婚するって発表したんです、ゆうべ」

「そう。——でも、分らないわよ、何が起るか」

と、藍は言った。

楽屋に入ると、須川えりはオフィーリアの衣裳で座っていた。

「――お美しいですね」

と、藍は言った。

「ありがとう」

「でも、須川さん。――私みたいな素人が言うのも変ですけど……」

「おっしゃって」

「あなたの役は、ハムレットの母親じゃありませんか？　オフィーリアは、他の人に任せて。たとえば戸田由紀さんとかに」

えりは目を見開いて、

「――どうして私の考えてることが分るの？」

と言った。「確かに、次の地方公演ではそうしたいと思ってます」

「由紀さんに、そう言ってあげて下さい」

と、藍は言った。

「ハムレット」は、着々と終幕へ向けて展開して行った。

その間、ほとんどの客は分らないが、小さな出来事はいくつかあった。

冒頭のハムレットの父の亡霊が現われるところでは、手にしていた剣がフワリと宙に浮いて、亡霊役の役者がびっくりしたりしていた。

〈霊感ツアー〉の客たちは大喜びで拍手した。

そして——終幕前の幕間《まくあい》。

「——大変だよ」

出を待つハムレットがこぼした。「立ち回りがあって、国王を刺してバタンと派手に倒れて……。疲れる」

グチをこぼしながら、楽しそうだ。

「やあ」

上村が藍に声をかけて来た。

「見てますよ」

「うん。——ハムレットの死のところで泣かないようにしないと。つい泣いちゃうんだ」

「いいんじゃありませんか、自然な涙なら」

開演のブザーが鳴る。

藍は、席へ戻らず、袖で舞台を見ていることにした。

オフィーリアが水死して、怒った兄のレアーティーズが、ハムレットと剣の試合をする。

試合用の剣と偽って、本物の剣を使い、ハムレットを傷つけることになるのだが……。
北上が、本当に息を切らしている。
国王がハムレットに毒の入った盃《さかずき》を差し出す。
しかし、それを王妃が代って飲み干してしまうのである。
再び剣を交えるハムレットとレアーティーズ。
剣の触れ合う音が舞台に響いた。
そして、レアーティーズが、
「ヤッ!」
と、打ち込んだときだった。
正面の位置に、ホレーショの上村が座っている。
剣が突然折れた。そして尖った切っ先が、上村へと飛んで行ったのである。
よける間もない。剣が上村の胸へと——。
ハッとして、役者たちが凍りつく。
上村の胸の寸前、ほんの二、三センチのところで、剣はピタリと止った。
宙に浮んでいるのだ。
そして、その折れた剣はゆっくりと向きを変えた。
「——矢田さん」

と、藍は言った。

他の人間には、剣だけが空中を動いて見えていたが、藍の目には見えた。あの矢田が、剣を手に袖の方へとやってくるのが。

「いけません」

と、藍は言った。

「心配するな」

と、矢田が言って、パッと振り向くと、折れた剣を投げた。

垂れ下ったカーテンに剣が刺さると、

「ワッ！」

と、声が上った。「助けてくれ！」

上村が駆け寄ってカーテンを押しやると、胸を押えて大崎がよろけ出た。

「――あいつがレアーティーズの役者を買収して企《たくら》んだことだ」

と、矢田が言った。「傷は浅い。放っとけばいい」

「そういうわけにも……。誰か、救急車！」

スタッフがあわてて駆けつけ、大崎を運び出す。

「――続けて！」

と、藍は言った。「お芝居を続けて！」

呆気《あっけ》に取られている客の前で、「ハムレット」は終幕へと再び動き出した。

「生きておられれば、まれに見る名君となられた方だ。弔砲を撃って、この悲しい知らせを広く知らしめよ」

フォーティンブラスの命令の下《もと》、ハムレットの死体は高く掲げられ、弔砲の音が舞台を揺がす。

「——ありがとう」

えりが袖に来ていた。「町田さんのおかげだわ」

「矢田さんが助けたんです。大崎って人も、本気であなたを愛してらしたんじゃ？」

「そうかしら。——恋はこりごり」

「上村さんで打ち止めですか？」

「さあ……」

と、えりが肩をすくめる。

「見て下さい」

と、藍は指さした。

雪が降り出していた。

この間のようにドサッとではなく、静かに、この悲しい結末を包み込むように降り始めていたのである。

「演出家が怒るわ」

と、えりが言った。

舞台一杯に白い雪が舞う。——出演者たちも戸惑っていた。

「——まあ」

と、えりが言った。

雪は、客席にも降り始めたのである。

声が上った。

「本物の雪だわ！」

遠藤真由美の声だった。

冷たい空気が辺りを包む。

舞台も客席も、白い雪が降りしきった。

「矢田さん……」

と、えりが言った。

「矢田さんの赦しです」

と、藍は言った。「それと、告別の思いがこの雪になったんですよ」

幕が静かに下りると、雪も止《や》んだ。

長い沈黙の後、熱い拍手が劇場を揺がした。

「――寒いぞ！」

北上が袖へ来て文句を言うと、「ハクション！」

と、派手にクシャミをした。

「――町田君」

上村が、人気《ひとけ》のなくなった舞台へ出て来た。

藍は、舞台の中央に立っていた。

「上村さん。こうして舞台に立ってって、すてきな気分ね」

「ああ……。今日の雪で目がさめたよ」

「何のこと？」

「えりさんとは結婚しない。――すぐにお互い傷つけ合って不幸になるだけだ」

「えりさんも？」

「同意してくれた」

「そう……」

えりの心の内は、藍にも分らない。しかし、本当は同意したくなかったのではないか。

「――地方公演で、僕にハムレットをやれと言うんだ」

「凄《すご》いじゃないの」

「僕にはまだ無理だ。ホレーショを、もっとやってみたい。えりさんは王妃に回り、オフィーリアを由紀君がやる」

「それが一番いいかもしれない」

「ね？――機会があったら見に来てくれ」

「ええ、ぜひ」

足音がして、

「上村さん！」

と、由紀がやって来た。「私、オフィーリアをやるの！　オフィーリア！」

「良かったな。でも、大変だぞ」

「お稽古の相手をして！　お願い！」

「分った。今すぐ？」

「今すぐ！」

由紀が上村の手をつかんで引張って行く。

藍がちょっと笑って、一人、ゆっくりと舞台を下りようとすると、

「――君はどう思った？」

振り返ると、矢田が立っている。

「あの雪ですか？」

「うん。あの演出を一度やってみたかったんだ。——ま、本物の雪を毎回降らせるのは大変だがな」

「悪くないと思いました」

「だろ？　君とは気が合いそうだ。どうだね？　この奈落《ならく》へ行くと、こっそり逢引《あいび》きするにはうってつけの場所があるんだが」

「私、幽霊と逢引きするのはちょっと……」

「悪くないと思うがな」

「ご遠慮します」

「そうか、残念」

矢田はニヤリと笑って、「ま、正直なところ、『責任を取って！』と言われると困るがね」

と言った。

藍はふき出してしまった。

二人の笑い声が、空の劇場の中に響いた。

「——一つ、お願いが」

「何だね？」

「あと二、三回、ツアーをやりたいんですけど、ご協力いただけません？」

「面白い。何をやろうか？」

「お芝居をぶち壊さない程度でいいんですけど」

「任せてくれ！　あの道化の骸骨《がいこつ》を見つけるところで、急に骸骨が歌い出すってのは？」

「ハムレットが腰抜かしません？」

二人の打ち合せは、熱心に続けられたのだった……。

迷子になった弾丸

1

獲物は、もう逃げる元気がなかった。

土手の斜面を何とか必死で這《は》い上ったが、そこまでが限界だった。

山畑《やまはた》は急がず、一歩一歩踏みしめるように土手を上って行く。――手には拳銃《けんじゅう》があった。

張り合いがねえ、もう少し頑張って逃げてくれよ。

山畑は、雑草の伸びた地面に倒れ伏して苦しげに息をしている男を見下ろした。

「――すぐ楽にしてやるぜ」

と、山畑は言った。

男は顔を上げた。

十月二十日、涼しい夜だが、男の顔は汗で光っていた。必死で走ったせいもあるだろうが、恐怖からくる冷汗でもあろう。

「君は……何者だ？」

と、男が喘《あえ》ぎながら言った。「どうして僕を……」

「あんたが〈N製鉄〉の取締役だからさ」

と、山畑は言った。「浜田《はまだ》さんだよな？　人違いしちゃ大変だ」

「〈N製鉄〉に――恨みがあるのか？」

「いいや、別に」

「じゃ、なぜ――」

「仕事だよ、仕事。殺しが俺《おれ》の仕事なんだ」

浜田は青ざめていた。

当然だろう。銃口が自分へ向けられている。

戦争を体験して来たといっても、戦場にいるのとは全く違う。

「死」は見て来たかもしれないが、こんな風に「死」と向き合ったことはないはずだ。

「じゃ、君は……誰かに雇われたのか」

「まあね」

山畑は、死のうとしている人間に、嘘《うそ》はつかない主義だった。

「それなら、もらう金額を言ってくれ！　僕はその倍出す！」

と、浜田は山畑の前に両手をついた。「本当だ！　決して損はかけない。頼むから殺さないでくれ！」

「契約ってのは守らなきゃいけないんでね」

と、山畑は言った。「そういうことは、あんたの方が分ってんじゃないのかい？」

――遠くから、死刑執行の小太鼓が聞こえて来た。この浜田の場合、それは午前〇時三〇分ちょうどにここを通る貨物列車が、重い体で鉄の線路をきしませて行く、地響きのような轟音《ごうおん》だ。

「だめか……」

浜田は、何だかいやにあっさりと諦《あきら》めたようで、「じゃ、せめて……苦しくないようにやってくれよ」

「ああ、俺の腕は確かだよ、信用しな」

「死ねば……毎日毎日、辛《つら》い思いをしなくてすむ。いっそ、気が楽ってもんだ」

近づいて来た。――あの列車の轟音の中じゃ、大砲をぶっ放しても誰も気付くまい。

「目をつぶれよ」

と、山畑は言った。

浜田は震えながら目をギュッとつぶると、

「畜生！　誰が君に頼んだんだ？」

と叫んだ。

列車だ。線路がゴトンゴトンと鳴る。

「——時間だ」

拳銃を持った右手を真直《まっす》ぐに伸ばし、銃口は浜田の眉間《みけん》まで一メートル足らず。外すことはあり得ない。

ぐずぐずと長引けば、向うが苦しむばかりだ。山畑は引金を絞った。

銃声が鼓膜を打った。銃口から一瞬ほとばしった火が、山畑の手を照らした。

終った。——山畑はそう思ったのである。

ところが……。

「馬鹿な！」

と、山畑は口走った。

浜田は、じっと目をつぶって震えている。しかし、浜田の眉間には、かすり傷一つなかった。

当らなかった？　そんなはずはない！

浜田が目を開けた。そして、自分がまだ生きていることを知ると、突然命が惜しくなったらしい。

「ワーッ！」

と、列車の轟音をかき消すような叫び声を上げたと思うと、飛び立つように逃げ出したのである。

山畑はあわてた。

「待て！　止まれ！」

何しろ真夜中で、ほとんど明りもないから、遠くへ行かれてしまったらおしまいだ。

浜田の背中へ向けて、一発撃った。

今度は間違いなく弾丸が浜田の背中の真中に当って、浜田の体はフラフラとよろけ、ガクッと膝《ひざ》をついた。

山畑が近付いて行くと、草地に突っ伏している浜田は、まだ細かく動いていた。

山畑は浜田の後頭部を狙《ねら》って、もう一発撃ち込んだ。今度も、しっかり弾丸は出て、浜田の後頭部に命中した。

浜田は動かなくなった。

「――やれやれ」

危いところだった。

山畑は、拳銃を、上着の下へしまうと、大股《おおまた》に歩き出した。

貨物列車の音が遠ざかって行く。

一人、片付いた。

――しかし、一発目はどうしたというんだろう。

確かに弾丸が出た手応《てごた》えはあったのだが……。

山畑は、肩をすくめた。

終ったことだ。――まだ仕事は残っている。

実際、山畑は大して気にしてはいなかった……。


その男は笑った。

山畑が突きつけた銃を見て、笑ったのである。山畑の方が面食らってしまった。

「冗談はよしてくれよ」

その男の名は、木原敏也《きはらとしや》だと山畑は聞いていた。

「木原っていうんだな。木原敏也」

「うん、確かに」

やっと、木原という男は青ざめた。「俺を殺す？」

「仕事でね。悪く思うな」

山畑は、居酒屋からずっと一緒だった。

山畑はほとんど飲んでいないので、充分に時間に間に合うつもりで店を出たのだが、木原の方はすっかり酔って、足もとも覚束《おぼつか》ないので、山畑が支えてやらなくてはならなかった。

おかげで、鉄橋の下に時間までに行き着けるか、ハラハラさせられたのだ。

木原はベタッとその場に座り込んでしまった。

「俺は——木原だよ。人違いじゃないのか？」

「残念ながら間違いない。〈N製鉄〉の組合書記長だろ」

列車の音が、レールを伝って聞こえて来た。

「だけど……どうして俺を？　俺は——上から言われて第二組合を作ったんだぜ！　恨むなら、上役を恨んでくれ！」

「俺も困るんだ。そう言われたってな」

河原を冷たい風が吹き抜けた。

列車が鉄橋にかかる。

「暴力団なら、第二組合の味方だろ！　どうしてなんだ！」

木原は大声で喚《わめ》いた。しかし、夜中、こんな河原に人影はない。

「助けてくれ。——頼む」

もう遅い。

列車が頭上の鉄橋を通り過ぎて行く。

山畑は引金を引いた……。

「——どうしてだ？」

山畑は、手の中の拳銃を見下ろした。

木原は死んでいる。もう笑ってはいなかった。

しかし、それも二発目の弾丸が心臓を貫いたからである。

一発目はどこへ行ったんだ？

外すはずがない。それなのに、一発目は当らなかったのである。

しかし——ともかく片付いた。

山畑は、そう自分へ言い聞かせた。

列車が通り過ぎて、頭が痛くなるような轟音は消えた。山畑がホッとしたとき、

「ハクション！」

山畑は青ざめた。

クシャミをした当人は、もっと青ざめただろう。

手にした懐中電灯を向けると、安物の背広にノーネクタイの男と、セーターにスカートの若い女が身を寄せ合って震えていた。

アベックか。——この寒い河原で逢引《あいび》きの最中だったらしい。

「——運が悪かったな」

と、山畑は拳銃を構え直した。

「お願い！　見逃して下さい！」

と、女が両手をついた。「誰にも言いません！　誓います。ここにいたことは誰も知

らないんですから、決して口にしません！　見たことは忘れます！」

女は地面に額をこすりつけんばかりにして哀願した。

手にした拳銃。恐怖におののいている女。——山畑は自分が「絶対の力」で女を支配しているという快感を覚えた。

山畑も若かった。二十二歳だ。そして、女を知らなかった。

「俺のものになるか」

山畑の言葉の意味が女に通じるまで、少しかかった。

「——それだけは勘弁して！」

と、女は身を震わせた。「それくらいなら、いっそ殺して下さい」

一緒にいる恋人へ、誠を貫こうとしたのだろう。

ところが。——男の方が、いきなり恋人の体を後ろからギュッとつかんで、

「この女を好きにしてくれ！」

と言ったのである。「あんたにやる！　だから俺だけは見逃してくれ！」

女が愕然《がくぜん》とする。

「伸彦《のぶひこ》さん……」

「こんな所で俺の言うなりになる女なんだ。金目当てさ」

「ひどいわ！　私を——」

「さあ、脱げ！　こいつの相手をしてやれよ。それで俺が助かりゃ、お前だって俺の役に立ったってもんだ」

男は女を山畑の前へ突き飛ばした。

「さあ、やるよ！　どうにでも、好きなようにしろ」

そう言って、男は逃げ出した。

「伸彦さん！」

女が叫んだ。そして——泣き崩れた。

山畑は、呆《あき》れてその光景を見ていたが、やがて気を取り直すと、

「待ってろ」

と、女に言った。「ここにいろよ」

そして、逃げた男を追って走り出した。

女は、地べたに座り込んだまま、力が抜けたように、逃げようともしなかった。

やがて、遠くから、二発の銃声が聞こえたときも、女はその方向を見ようともしなかった……。

「よくやった」

と、その男は鞄《かばん》を開けて、山畑の前に札束を積んだ。「百円札だ。ちゃんと、足がつ

かないように、使ってある札だ」

「はい」

「これで――三百万だ。約束通りな」

「どうも……」

「確かめるか？」

「いえ、結構です」

「じゃ、この鞄に詰めて持って行け」

男は札束を鞄に戻した。「いいか、当分は東京を離れてるんだぞ」

「分ってます」

「どこへ行って、何をしようと、お前の勝手だ。――ああ、拳銃を置いて行け」

山畑は、上着の下から拳銃を取り出して机に置いた。

「こっちで処分しとく。ご苦労だった」

「はあ……。じゃ、これで」

山畑は札束の詰った鞄を手にすると、一礼して部屋を出た。

――外は昼間。明るい日射しの下《もと》へ出ると、何もかも夢だったような気がする。

三百万ある。

実際、この年、戦後の混乱がまだ色濃く残る昭和二十五年に三百万といえば大金だった。

工場街は色々な匂《にお》いの混じり合った煙が風に乗って流れ、鼻をくすぐった。朝鮮での戦争が、日本の社会を景気づけ、世の中は活気を取り戻しつつあった。

道の向いに、女が座っていた。捨ててある木箱に腰をおろしているその女は、あの鉄橋の下の女だった。

山畑は女の前に立つと、

「ついて来るか」

と言った。

女は黙って立ち上った。

二人は、手をつなぐでもなく、並んで歩くでもなく、まるでたまたま同じ方向へ行く他人同士、という様子で、とりあえず近くの駅へと歩いて行った……。

2

「間もなく、〈Sエンゼルホーム〉です。ここで昼食をとっていただきますので、お手荷物を持ってお降り下さい」

と、町田藍はマイクを手に案内すると、バスの運転手、君原の方へ、小声で言った。

「私たちの食事も用意して下さってるのよ」

「老人向きかい？」

「しっ！　体にはいいわよ、きっと」

藍は、明るい秋の日射しの中に、清潔な白い建物が見えてくると、

「やっぱり、〈霊感ツアー〉じゃないと気が楽だわ」

と言った。

——町田藍が勤めている〈すずめバス〉は同業大手の〈はと〉とは雲泥の差の、小さなバス会社である。

藍も以前はその大手の方でバスガイドをやっていたのだが、リストラにあってこの〈すずめバス〉へやって来た。

社長の筒見は、小さな会社が生き残っていくためには、ユニークなツアーを企画するのが道、という持論で、そこへ入社したのが藍だったのである。

藍は霊感が人並み外れて強く、幽霊と話をすることもあった。それを知った筒見社長は、〈霊感ツアー〉なるものを企画。藍がその手のマニアを、幽霊の出る名所へ案内する、というツアーである。

もちろん、藍が行ったからといって、幽霊が必ず出てくれるわけでもないし、藍に見えてもお客に見えないことだってある。

しかし、何回かに一回でも、「本当の霊現象」に出会った、というだけで、そのマニアたちにとっては大事件。藍はその手の人たちの間では、すっかり有名人になってしまった。

しかし、今日のツアーはそれではない。

停年を迎えた夫と妻が老後を過すための〈ホーム〉を見学して回るというツアーなのだ。

子供や孫と同居して気がねさせられるよりは、夫婦で気楽に余生を送りたい……。

そういう夫婦たちで、このツアーは結構人が集まる。

もっとも、〈ホーム〉といっても、ある程度お金を貯めて、余裕のある暮しをしていなくては入れない。

今、バスに乗っている三十人ほどもまずはお洒落《しゃれ》で身ぎれいにした人ばかりである。

「〈Sエンゼルホーム〉到着でございます」

藍はバスが停《と》まると、先に降りて、出迎えてくれた職員に挨拶《あいさつ》した。

「やあ、町田さん」

「またお世話になります」

「どうぞどうぞ。――昼食の時間ですから、入居されてる方々とご一緒に。家内がご案内します」

北山《きたやま》という、三十五、六のこの男性は、このホームの経営者の娘婿である。よく気の付く、感じのいい男性で、藍も、「この人が独りだったら」と、ひそかに思ったりする。

「まあ、町田さん！　お待ちしてました」

と、玄関からエプロン姿で小走りにやって来るのが、北山の妻の雅子《まさこ》。

美人というわけではないが、明るく可愛い女性で、藍とも仲良くしてくれる。

雅子を見ると、藍も「かなわない」と、諦めるのだった……。

雅子が先に立って、バスの乗客たちを中へ案内してくれる。

この北山という男、そして妻の雅子を見ていると、このホームの雰囲気の良さが分る。

藍は、このツアーのおかげでいくつもこういう施設を回ったが、

「自分で入るなら、ここ」

と決めたくらいだ。

もっとも、二十八歳の藍がそんなことを言うと、先輩のバスガイド、山名良子《やまなりょうこ》に何と言われるか分らないので、口には出さない。

「――あれ？」

北山が、最後にバスから降りて来たセーラー服の少女を見て、「付添いの方？」

夫婦によっては、子供や孫を連れてくる人もいる。

「いいえ」

と、藍は苦笑して、「うちの常連客で、遠藤真由美さんです」

「今日は」

十七歳の少女はニッコリ笑って、「楽しみにして来ました」

「へえ、おじいさんにでも頼まれて？」

「いいえ！　今は十代の内から老後のことを考えておかなくちゃ。私、しっかり貯金してるんです！」

「へえ……」

藍がふき出して、

「違うんです。この真由美さんは私の〈霊感ツアー〉のファンなの。こういう関係ないツアーにまで参加したりするんですよ」

「ああ、なるほど」

北山は笑って、「じゃ、今日は何か出そうなんですか？」

「やめて下さい」

北山は藍の「特殊能力」のこともよく知っている。

「町田さんについて歩いてれば、その内珍しい霊に出会えるかもしれないもの」

と、真由美が言った。「都合のつく限り、町田さんのツアーには参加してるんです」

「お勉強、さぼらないでね」

と、藍は言ってやった。

「お茶のおかわり、いかがですか?」

と、雅子が昼食のテーブルの間を回っている。「——町田さん、いかが?」

隅のテーブルで同じ昼食を食べていた藍は、

「私たちは自分でやりますから」

と、あわてて言った。「どうぞ、気にしないで」

「ここの食事はおいしいですね」

と、君原が言った。「他所《よそ》は、えらく薄い味つけで、お年寄は我慢しなさい、って所が多いけど、ここはちゃんと工夫してる」

「ありがとうございます。料理番が喜びますわ」

と、雅子はまた大きなポットを抱えて、「お茶はいかがですか?」

と、テーブルの間を回る。

「感心だね」

と、君原が言った。

「あら、私だっていつもあれくらいは気をつかっておりますわ」

と、藍は取り澄まして言った。

「ああ、そりゃもちろん」

君原はあわてて肯《うなず》く。——藍はおかしかった。

運転手の君原は、一見して女性なら誰しも目をさますような、端整な美青年である。

独身。

当然、藍の同僚のガイドたちの憧《あこが》れの的。しかし、当人は至って無関心な様子だ。

藍の〈霊感ツアー〉は、時として危険を伴うことがあるので、運転はたいてい君原である。それでも藍はあまり君原に憧れる気になれないので、却《かえ》っていいペアなのかもしれなかった……。

入居している老人たちが食事を終えて席を立って行き、残ったのはツアーの客たち。

北山が立って、

「お気に召していただけましたでしょうか」

と、口を開いた。

「旨《うま》かった！」

すかさず返事があって、

「それはありがとうございます」

と、北山は嬉《うれ》しそうに言った。「少しお休み下さい。十分ほどしましたら、このホームの中をご案内いたします。食後にコーヒー、紅茶をご希望の方は、家内にお申し付け下さい」

早速、何人かが手を上げ、雅子が手早くメモを取っている。北山が続いて、

「お手洗いは、今入って来られた玄関の傍《わき》にございます。――ご案内の前に、この〈Sエンゼルホーム〉の建設にまつわるお話を申し上げようと思います」

北山の声ははきはきとして耳に心地よく、よく通る。耳の遠くなったお年寄たちには、こうでなくてはならない。

「――また真由美ちゃんが来てるんだな」

と、君原が言った。

「ええ、困ったもんだわ」

と、藍が笑って言うと、

「いいじゃないか。いい子だよ」

「ええ、もちろん……」

真由美は、お年寄たちの中に交じって、楽しそうにおしゃべりしている。

「――明るい笑顔だ」

君原が言った。「いいなあ……。いつまでもああでいてほしい……」

藍は、君原の視線が一種の愁《うれ》いとつやを帯びてセーラー服の少女へと向けられているのを見て、「まあ！」と思った。

君原さんたら……。あの真由美ちゃんのことを好きなの？　セーラー服の方が好きだったのか？

同じ制服でも、バスガイドじゃなくてセーラー服の方が好きだったのか？

だが、それ以上、君原の「制服好み」について考えている時間はなかった。

「――オーナーであります野々村健一《ののむらけんいち》は、今働いております家内の父、つまり私の義父に当ります」

と、北山は話していた。「野々村は、〈S技研〉の創業者で、小さな町工場から始めて、今はグループに三十余りの企業を擁《よう》するまでになりました」

藍がいつも聞いている話だった。

「野々村は、今、七十五歳ですが、七十になったとき、第一線を退き〈S技研〉会長となりました。そして、長年の夢であった、このホーム建設に着手したのです。二年後にここが完成、私は義父の意向で、ここを任されることとなりまし……て……以来……」

藍は、北山の声が、突然テープの伸び切ったような、間のびして音程も狂った妙な聞こえ方をするのに気付いて、ハッとした。

他の人は誰もそう聞いていない。

藍だけだ。一人だけが、「空間の歪《ゆが》み」に気付いている。

まさか！　ここで何が起るというの？

しかし、藍の霊感は、この部屋の空間が奇妙にねじれ、渦を巻き始めたのに気付いた。

何の音？——ゴーッ、ゴトン、ゴトン、という音。

列車が通っているような音が、空間の中に空いた「穴」から聞こえてくる。そして、渦は引き絞られるように鋭く尖《とが》って、その先端は一点へと向かった。——北山へと。

藍は立ち上った。

しかし、何が起ろうとしているのか、見当もつかないのに、話を続けている北山に何を言えただろう。

「私……は……もとも……と……」

北山の額、眉間の真中にパッと血が飛んだ。

そして——北山はびっくりしたように目を見開いたまま、仰向けにドサッと倒れた。

誰もが、しばらく動かなかった。

お年寄の一人が立ち上ると、

「トイレはどこかな？」

と言った。

藍が北山へと駆け寄る。

雅子が、お年寄へ、

「出られて右です」

と案内してから、「——あなた！」

と駆けつけて来た。

「雅子さん——」

と、藍は言った。

「主人はどうしたんですか？」

「さあ……」

眉間に黒く穴があいている。

「救急車を呼びます」

「ええ、急いで」

雅子が走って行くと、藍はやって来た君原へ、「警察を呼んで」

と言った。

「発作か？」

「撃たれたのよ。——即死だわ」

と、藍は言った。

救急車はむだだ。しかし、雅子にそうは言えなかったのである。

3

「そんな馬鹿な話がありますか！」

そう年齢《とし》がいっているわけではなさそうなのに、頭がすっかり薄くなった刑事は、たまりかねたように大声を出した。

「恐れ入りますが、お静かに願います」

と、あわてて言ったのは、小太りな中年男。

「お年寄も、結構耳がいいんです。大きな声を出されると、何ごとかと心配なさいますから」

「大きな声を出したいわけじゃありませんよ」

と、刑事は仏頂面になって、「しかし、言いたくもなりますよ。人が銃で撃たれた。それなのに、銃声もしなかったし、犯人らしい人間を見た人もいない。昼間の、この建物の中で起った殺人事件だというのに……」

「しかし、事実その通りなんです」

と釈明しているのは、この〈Sエンゼルホーム〉の事務長、西浜《にしはま》である。

殺された北山が、〈ホーム〉の実質的な運営に当り、西浜はいわば補佐役というところらしい。

「いいですか。銃もないのに、一体誰がどうやって北山さんを射殺したと言うんです？」

「そう言われましても……」

西浜は困惑し切った表情である。

無理もない。——西浜の困惑も、刑事の苛立《いらだ》ちも、当然のことだ。

藍にはよく分った。だが、藍もまた、自分の見たものをどう説明していいのか、分らなかった……。

事務室の隣にある来客用のスペースに、西浜と藍は座っていた。

藍のバスの乗客たちは、とりあえず今日のツアーは中止になったので、君原の運転で解散場所へ送られて行った。

「さてと……」

追分《おいわけ》という名のその刑事は、西浜から藍の方へ向き直って、「ええと……町田……」

「藍です」

「ああ、そうか。——バスガイドさん？」

「はい」

「〈すずめバス〉。——こんな会社があるんですか」

「名刺にそうある通りです」

「確かに。いや、失礼」

追分はくたびれた様子で、「あなたは、正に犯行の現場に居合せた。そうですね？」

「はい、一応……」

「しかし、銃声も聞かず、誰かが発砲するのも見ていない。——間違いありませんか？」

「はい」

と、藍は肯いた。

「いやはや妙な話ですな」

と、追分刑事は投げやりな口調で言った。

「遠くから、ライフルか何かで狙ったのでは？」

と、西浜がおずおずと言った。

「建物の中ですよ。弾丸が、壁を素通りして来たとでも？」

「はあ……」

「いや、失礼。ご意見は感謝します」

追分の態度に、藍は感心した。

いい人らしい。でも、藍の話を聞いたらどう思うか……。

雅子がドアを開けて入って来た。

「——奥さん。お辛いときでしょうが、お話を伺わせていただけますか？」

と、追分が言った。

「はい。ただ——娘を幼稚園へ迎えに行かなくてはなりません。申しわけありませんが、少しお待ちいただけますか」

夫を亡くしたショックに、健気《けなげ》に耐えている。

「分りました」

追分としても、そう言うしかなかっただろう。

「雅子さん」

西浜が立ち上って、「私が幼稚園に行って来ましょうか」

「いいえ、あなたは、中のことを。入居してらっしゃる方たちのお世話はいつも通りしなきゃいけないのよ」

気丈な言葉である。

「はい」

「主人の分も、しっかりやって下さい」

「かしこまりました」

西浜は急いで出て行った。

「刑事さん、十五分ほどで戻りますので」

「ああ、どうぞ。お待ちしていますよ」

「恐縮です」

雅子が部屋を出ようとしたとき、

「雅子！」

と、力強い声が響いて、白髪の紳士が足早にやって来た。

「お父さん！」

「北山君が殺されたと？　本当なのか？」

――これが〈Sエンゼルホーム〉のオーナーで、〈S技研〉会長の野々村健一か。

藍も、この人物を見るのは初めてだった。誠に「人物」と呼ぶのにふさわしい柄の大きさを感じさせる。

「本当よ」

「何ということだ！　一体誰が――」

「お父さん、入居されてる方たちが不安がるわ、小声で」

たしなめる娘に、

「すまん」

ハッとした様子で言うと、「お前――大丈夫か」

「あずさをお迎えに行ってくるわ」

雅子はそう言って、「今は泣いていられないの」

足早に玄関へ出て行く雅子を見送って、野々村健一は、

「可哀《かわい》そうに」

と呟《つぶや》いた。

「失礼。——野々村さんですね」

追分が、状況をザッと説明するのを、野々村は厳しい表情で聞いていた。

「——いや、北山君は誠実な男です。父親の私が言うのも妙だが、雅子は本当にいい相手と巡り合ったものだと、いつも思っていました。恨みを買うようなことが……」

「しかし、銃で撃たれているんですからね、現実に。——状況からいって、誰がどうやって撃ったのかは不明ですが、たまたま誤って弾丸が眉間を撃ち抜くことは考えられません」

じっと野々村を見ていた藍は、追分の「眉間を撃ち抜く」という言葉を聞いたとき、野々村の顔に一瞬動揺が走ったのを、見逃さなかった。

追分刑事の事情聴取が一旦《いったん》終って、藍は帰ってもいいことになった。

とはいえ、バスガイドの制服のままである。

いささか目立つことは覚悟しなくては……。

現場では、白衣の鑑識課の人たちがあれこれ調べて回っている。

藍がしばらく廊下に立ってその様子を眺めていると、

「藍さん！」

振り向いて、藍はびっくりした。

「真由美さん！　どうしたの？　バスで戻ったんじゃなかったの？」

「君原さんとね、また帰って来たの」

君原がやって来て、

「もう帰れるのか？　迎えに来たよ」

「あの大型バスで？」

と、藍は苦笑した。「でも助かったわ。この格好で電車に乗って帰らなきゃいけないとこだった」

「この真由美君がね、どうしても一緒に来ると言ってバスから降りないんだ」

「だって——あれって、普通の事件じゃないですよね」

と、真由美が言った。「藍さん、あのとき何か見てたんでしょ？　私、藍さんの様子を見てたの」

「真由美さん……」

「藍さん、あの北山って男の人が撃たれる前に立ち上ってた。何か起るって予感してたんでしょ」

「言わないで」

藍は胸が痛んだ。「まさか、あんなひどいことだとは……。分っていれば、助けられたかもしれない」

「どこから飛んで来たか分らない弾丸……。ね、それも霊の仕業？」

「分らないわ。見当もつかない。ただ……」

あの野々村健一に、何か思い当ることがあるのかもしれない。しかし、そこまで他人の暮しの中へ踏み込んでいいものかどうか。藍には分らなかった……。

「――パパは？」

と、可愛い声がした。

玄関から、雅子に手を引かれて、幼稚園の可愛い制服を着た女の子がスキップしながらやって来て、

「ねえ、パパは？　今日のお絵かき、パパの顔かいたの。見せたげるんだ」

あずさという子だろう。――雅子は何とか笑顔を作って、

「パパはね、今お仕事でお出かけなの」

「ふーん」

あずさは口を尖らして、「つまんない。いつ帰ってくるの？」

と、答えようのない質問をして、雅子を困らせている。

「やあ、お帰り」

野々村がやって来ると、

「おじいちゃん！」

と、あずさは嬉しそうに駆けて行った。

雅子が、やるせない表情でその様子を眺めている。

「雅子さん」

藍が声をかけると、

「あ……。町田さん。色々ご迷惑をおかけして」

「とんでもない」

「一体どうしてあの人が……。人ともめごとなんか、起したことないのに」

「雅子さん。もし――私でお役に立てることがあれば……」

「ありがとうございます」

雅子は静かに言って、頭を下げた。「入居されてる方たちが不安がっています。――それはそうですよね。突然銃弾が撃ち込まれたなんて……。後が心配です」

藍も、何とも言う言葉がなかった。

今は話をしても相手を混乱させるばかりだ。

藍は、君原と真由美を促して、〈Sエンゼルホーム〉を後にしたのだった……。

4

その日は夜の乗務だったので、藍は昼から家を出て、北山雄介《ゆうすけ》の葬儀に出かけて行った。

肌寒い日で、風は冬の凍りつくような冷たさで頰《ほお》を刺した。

「まあ、町田さん……。わざわざありがとうございます」

黒いスーツの雅子が、小さなあずさを隣に座らせて挨拶した。

「いいえ。本当に残念でしたわ」

と、藍は言った。

「パパのお写真、あずさが入ってないの」

と、あずさが不服そうに言った。

祭壇の写真で、明るく笑っている北山は、たぶん我が子と一緒なのだろう。あずさにしてみれば、どうして自分が入っていないのか分らないのに違いない。

「この子ったら……」

雅子はあずさの頭をなでて、「ママだって、一緒に入っていたいわ」

「そんな縁起でもないことを言わんでくれ」

と、隣の父親、野々村健一がたしなめた。

野々村の妻、つまり雅子の母親は、五、六年前に亡くなったと聞いていた。一人っ子の雅子のことが、野々村には何より気にかかるのだろう。

「よろしかったら、見送ってやって下さい」

と、雅子に言われ、藍はそのまま式場の中の椅子《いす》にかけた。

野々村の会社の関係者も多いのだろう、告別式は大分予定の時間をオーバーした。

会葬者が表に出て、出棺を待つ。

風は少し止《や》んだが、寒いことには違いなく、先に帰る人も多かった。

藍は、他の会葬者から少し離れて立っていたが――。

「――〈Sエンゼルホーム〉での謎《なぞ》の殺人事件は、今も真相が分らないまま、今日、被害者の北山雄介さんの告別式を迎えました」

TV局のリポーターらしい女性が、マイクを手に、TVカメラに向かってしゃべっている。

「事件は、様々な波紋を広げています」

と、リポーターは続けた。「突然、銃弾を撃ち込まれた〈Sエンゼルホーム〉は、建設時に地主だった暴力団関係者との対立があったとのことで、今回の事件はそれに対する報復という見方もあります」

——いい加減なことを。

藍はそばで聞いていて腹が立った。

「そのため、ホームを出るお年寄も出始めているとのことで、一刻も早く犯人が逮捕されることが望まれます」

藍のすぐ後ろで、

「できるもんなら、とっくに逮捕してるさ」

というグチが聞こえた。

「あ、刑事さん」

追分刑事は、藍のことが一瞬分らなかったらしい。

「〈すずめバス〉の町田藍です」

と、名乗ると、

「ああ！　あのガイドさんか。いや、あの制服のイメージがあって……。失礼」

「いいえ」

藍は、告別式の会場の方へ目をやって、「何か手がかりはありまして？」

と訊《き》いた。

「いや、それが……。調べれば調べるほど妙なことばかりで」

と、追分がため息をつく。

「というと？」

「北山さんの眉間に撃ち込まれた銃弾ですが、ずいぶん古いものだったんですよ。戦後間もなく、進駐軍から横流しされた、S＆W《スミス・アンド・ウエッソン》の三八口径の弾丸です。もう半世紀近くも前のものなんですよ」

「五十年も？」

「ええ。もちろん、拳銃なんて単純なメカですから、古いものでも使えますが、それにしても、どうやって撃ったのか、さっぱり見当がつきません」

藍が見ていると、中から棺《ひつぎ》が運び出されて来て、霊柩車《れいきゅうしゃ》の中へ納められた。

「――喪主より、ご挨拶がございます」

雅子は、あずさを野々村へ任せて、進み出た。

野々村が気づかって、自分が挨拶しようかと訊いていたようだったが、雅子は自分がやると答えたらしい。

「――本日はお寒い中、大勢の方にご参列いただき、ありがとうございました」

雅子の声はしっかりしていた。

藍は、不意に風が止んだのを感じた。――どこか不自然だ。

藍は参列者の間をそっと縫って進んで行った。

「夫がなぜこんな形で亡くならなくてはいけなかったのか、私どもには見当もつきません――」

藍は、雅子のすぐ近くまで行って足を止めた。

「我が子の成長を見ることもできず、きっと悔しかったに違いありません。私は娘と二人で、夫の分までしっかり生きていかなくてはいけないと思っています」

会葬者の間にすすり泣く声が洩《も》れると、雅子の目にも涙が光った。

「これからも、皆様のお力添えで……私ども……親子が……」

空間が歪んでいる！

藍は緊張した。空間に渦が巻いて、それは細く引き絞られた。

ゴーッという響き。――列車の音か？

今度は、まるで鉄橋の上を通っているかのようだ。

「心から……お……願い……」

渦の先端が、真直ぐ雅子の方へ向いた。

「危い！」

藍は叫ぶと同時に、雅子へと飛びかかった。

雅子の体を抱きかかえるようにして地面に倒れた瞬間、雅子の立っていた空間を弾丸が駆け抜け、背後の花環《はなわ》を粉々に砕いた。

やった！――間に合った！

藍は起き上ると、

「雅子さん、大丈夫？」

と、助け起して、「びっくりしたでしょう。ごめんなさい」

「まあ……」

雅子は、半ば呆然《ぼうぜん》としながら、「私──撃たれるところだったの？」

「もう大丈夫。弾丸《たま》はそれたわ」

と言いながら、藍はこの後に来る騒ぎを覚悟していた……。


「──なるほどね」

追分刑事は、藍の話を聞いて、肯いた。

「つまり……そういうことなんです」

藍はちょっと微笑《ほほえ》んで見せたりして……。

「なるほど」

と、追分はくり返すと、「空間が歪んで、渦を巻いた、と」

「まあ、正確にはどう言っていいか分らないんですけど、感じとしては……」

「その渦巻から弾丸が飛び出した、と」

「──ええ」

「どうしてそれが分ったんです？」

「この間の、北山さんのときと同じだったからです」

追分はドッカと椅子にかけて、

「その話を信じろとおっしゃるんですな！」

――斎場の控室。

外の騒ぎはともかくおさまって、藍はここで追分に「ありのまま」を話したのである。

「――刑事さん」

と、雅子が言った。「町田さんは私の命を救って下さったんです。そんな言い方はやめて下さい」

「それは分ってます。しかしですね、空中から突然弾丸が飛び出したと言われても……。私の立場というものがあります」

控室の戸が開いて、野々村があずさを抱っこして入って来た。

「お父さん……」

「眠ってしまったのでな」

「疲れたのね。――そこへ寝かして」

控室には畳の場所があった。

雅子は座布団を並べて、その上にあずさをそっと寝かした。

「——証人登場！」

ガラッと戸が開く。

「まあ、真由美さん！」

遠藤真由美がセーラー服姿で立っていたのである。この頭の固い刑事さんに、証言してあげる。この町田藍さんのことを、何だと思ってるの？　この方こそ、有名な〈霊感バスガイド〉その人なのよ！」

真由美が、藍の数々の「功績」をまくし立てると、追分は呆気《あつけ》に取られて聞いていた。

「——分った」

と、追分は手を上げて、真由美の話を止めると、「信じないわけじゃない。実際、状況の方が信じられないようだからな。——しかしですね、町田さん。今のお話を我々が公式見解として発表できると思いますか」

「無理ですね」

と、藍は肯いた。

「全く……。今回の弾丸も、調べてみれば五十年前のものってことになるのかな」

追分の言葉に、野々村が表情をこわばらせたが、気付いたのは藍だけだったろう。

「——五十年前って、どういう意味ですの？」

雅子の問いに、追分が説明すると、野々村は真青になって椅子に座り込んだ。

「雅子さん」

と、受付の女性がやって来て、「ご主人のお母様がみえました」

「まあ！――お父さん、お出迎えして」

「ああ、分った」

用ができて、野々村は却って救われた。急いで立って行く。

「義母《はは》は足が悪くて、ほとんど寝たきりですので、今日も来られないだろうと思っていました」

少しすると、野々村の押す車椅子に乗って、白髪の女性が現われた。

「――遅くなって申しわけありません」

と、その女性は静かに言った。

北山文子《あやこ》というその女性、病気のせいで老けて見えるが、まだ六十そこそこということだった。

「雅子さんも危かったとか……」

「でも、この町田さんに助けていただきました。騒ぎのおかげで、まだ棺はここに」

「ありがたい！　じゃ、せめてお別れを」

「ええ、もちろん」

――一同は表の霊柩車の所へ行き、一旦棺を出して、蓋《ふた》の小窓を開け、母親がしばらく我が子の死顔を見ていたが……。

「眉間の傷は、きれいにしてあるわね」

「ええ、葬儀社の方が……」

「父のことを思い出したわ」

と、北山文子が言った。「私はまだ六つか七つでした」

「お父様のこと？」

「ええ。この子の祖父です。私が小さいころ、やはり人に撃たれて死んだの。同じように」

「まあ！　存じませんでした」

「五十年以上も前のことだから……。祖父と孫……。こんなことで似てしまうなんて」

藍は進み出て、

「恐れ入りますが、そのお父様のお名前は？」

と訊いた。

「浜田公平《こうへい》といいます。昭和二十五年十月二十日に、何者かに撃たれて死にました……」

「犯人は捕まらなかったんですか」

「ええ。——混乱の時代でした。確か、当時の組合幹部が何人か逮捕されましたが、あれはでっち上げでしょう」

そのとき、野々村が崩れるように倒れた。

「——お父さん！——しっかりして！」

雅子が駆け寄った。「救急車を！　早く呼んで下さい！」

5

野々村が目を開けて、病室の中をゆっくり見回すと、

「雅子。——すまん」

と言った。

「私は雅子さんじゃありません」

と、藍は言った。

「ああ……。あんたは、雅子を救ってくれたバスガイドさんだね」

「そうです。雅子さんは、あずさちゃんがいるので、一旦ご自宅へ」

「ああ……。私は大丈夫」

「野々村さん」

藍は椅子をベッドに寄せて座ると、「話して下さい。あなたのご存知のことを」

「あんたに？」

「娘さんに言えますか」

野々村は苦しげに首を振って、

「とても……言えん」

「北山さんの祖父、浜田公平さんを拳銃で撃って殺したのは、あなたですね」

藍の問いに、野々村は肯いて、

「そう……。私だ」

と言った。「私の本当の名は山畑兼吾《けんご》。――あのとき、金で雇われ、〈N製鉄〉の重役だった浜田を殺した」

「お金で？」

「理由も知らずにね。――あの当時、松川事件、三鷹《みたか》事件などの奇怪な事件が次々に起っていたが、あれもその一つだったろう」

「組合弾圧ですね」

「共産党系の組合を次々に潰《つぶ》しにかかっていたのだ。私は人を殺して三百万円を手に入れ、浩子《ひろこ》と二人で、地方都市で町工場を開き、名前も変えた。――あのころには珍しい話ではなかった」

「――眉間に弾丸を？」

「そうだ。——今も憶えている。眉間を狙った一発目の弾丸が、目の前の男に当らなかった」

「当らなかった?」

「確かに、引金を引き、弾丸は出ているのに……。逃げようとした浜田を、私は後ろから射殺した」

野々村は言った。「お願いだ! 一体何が起ったんだ?」

「よくは分りません。ただ——あなたが撃った一発目の弾丸は、どこか別の次元へ迷い込んだのでしょう。そして五十年間、弾丸は迷い続けていたのです」

「——何ということだ」

野々村は嘆息した。「私が北山君を殺したと、どうして雅子に言えるだろう」

「野々村さん。他にも殺した人がいるのですか」

「ああ……。もう一人、木原という男だ。あのときも、一発目は消えてしまった」

「それが今日の弾丸でしょう。でも、雅子さんは無事でした」

「ああ。しかし——もう一人、私は殺したのだ」

「もう一人?」

「木原を殺すのを見ていたアベックがいた。その男は、女を捨てて逃げ出した。私は追いかけて撃った」

「やはり一発目は？」

「当らなかった。しかし、あれは走りながら撃ったので、本当に外れただけかもしれない……」

「その人の名は？」

「分らん。すぐ金を受け取って、姿を消したからな。——女を連れて。そのアベックの女だ。それが妻の浩子だった」

「そうでしたか……」

藍は肯いて、「ではあと一発、迷っている弾丸があるかもしれないのですね」

「どうすべきだろうか？　告白して、罪を償うべきか」

「五十年前では、いずれにしろ時効です。それに、雅子さんが苦しむでしょう」

「その通りだ」

野々村は肯いて、「私は会社を始めて、必死で働いたが、初めの資金が人殺しの報酬だったことが、ずっと気になっていた。あのホームを建てたのも、その償いの気持からだった……」

藍には、どうしろとは言えない。

「——お大事に。今のお話は私の胸にしまっておきます」

と、静かに言って、病室を出たのだった……。

「皆様、間もなく〈Sエンゼルホーム〉でございます」

藍はマイクを取って言った。「こちらで昼食となります」

君原がチラッと藍を見た。

あの事件以来、初めてのツアーだ。

〈Sエンゼルホーム〉へ寄ることに文句が出るかと思ったが、誰も言わず、むしろ、

「これはきれいだね」

「明るくていい」

と、話し合う声が聞こえて来て、ホッとした。

バスを出迎えてくれたのは、エプロン姿の雅子だった。

「――町田さん！」

「またお邪魔します」

と、藍は言った。

「嬉しいわ！　大歓迎しますわ」

乗客を降ろすと、雅子が先に立って案内して行く。

「その辺から北山さんがヒョッコリ出て来そう」

と、藍は呟いた。

「今日は大丈夫？」

と言ったのは、真由美である。

「そういつもじゃ……」

と、藍は言いかけて、「でもね――」

「何か？」

「どうして、五十年間さまよっていた弾丸がこの世に戻って来たのか、考えると……」

真由美には話してあった。

「それは――」

「もしかすると、私のせいかも」

「まさか！」

「私は霊を呼びやすい性質だわ。避雷針が落雷を誘うように、五十年前の恨みが、私を媒体にして現われたのかもしれない」

「でも、藍さんのせいじゃないわ」

「ありがとう。行きましょう」

藍が真由美を促してホームの玄関を入りかけると、弾《はじ》けるような笑い声が聞こえて来た。

振り向くと、あずさが幼稚園から帰って来たところで、手を引いているのは野々村だった。

まだ少し遠かったが、あずさが、

「バスガイドのお姉ちゃん！」

と叫んで手を振った。

藍も手を振り返した。

そして——あずさと野々村の辺りで、空間が歪んだ。

「危い！」

藍は駆け出した。「伏せて！　危い！」

必死で走ったが、間に合わない。

「野々村さん！　伏せて！」

と、藍は叫んだ。

野々村はハッと気付いた様子で、素早くあずさを地面へうつ伏せにさせると——自分は真直ぐに立って、両手を広げた。

「野々村さん！」

そう叫んだとき、野々村の背中にその弾丸は当った。

野々村は苦痛に顔を歪めもしなかった。

まるですてきなことに出会ったように、笑顔で空を見上げ、そしてゆっくりと倒れたのだった。

——藍が抱き起したとき、もう野々村は息がなかった。

「お父さん！」

雅子が走って来る。

「雅子さん……」

「父は——死んだのね」

「ええ」

「聞いていました、父から」

雅子はしっかりと立っていた。「あずさを守って死んだのね。——父も満足だったでしょう」

「ええ、このお顔でも分ります」

藍は肯いた。「もう、これで迷子の弾丸はないはずです」

西浜が駆けて来ると、雅子は、

「あずさを連れて行くから、後をお願い」

と、冷静に言って、「お客様たちにお茶を配らないと」

と、あずさを抱っこして、ホームへと戻って行った。

「——安らかなお顔ですね」

と、西浜が言った。

「ええ……。五十年前の過去を、やっと清算したんです」

藍は立ち上って、「警察を呼びます」

と、バスへと戻って行った。

「これで良かったのね」

と、真由美が言った。

「たぶんね。でも――」

「まだ何か？」

「追分刑事さんが、ノイローゼにならなきゃいいけど」

藍はそう言って、バスに飛び乗った。

その女《ひと》の名は魔女

1

「問題は簡単だ」

と、社長の筒見は言った。「分るだろ？　ここ二か月の我が〈すずめバス〉の収益は、バスの保守点検の費用にすら足りない」

そう簡単じゃないと思いますけど。

――筒見の話を聞かされている町田藍はそう思ったが、口には出さなかった。

「このまま行けば、〈すずめバス〉は倒産の他はない！」

と、筒見は悲壮な表情で、「それも、社員への退職金など一銭も出せない。むろん、こういう事態に至ったについては、経営者の責任が問われて然《しか》るべきではある。だがしかし、今それを言っても事態は一向に良くならないのだ。今は経営者の責任追及にむだなエネルギーを費やしているときではない！」

力説されても、言っているのが当の「経営者」では、説得力がない。

「今必要なのは、この危機を脱するための、具体的な策だ。町田君！　君もそう思うだろう？　うん、そうだとも！」

自分で返事までしている。

「社長——」

と、町田藍は言った。「早く要点を言って下さい」

実際、藍は恥ずかしくて、早く店を出たかった。

何しろ、焼肉屋へ入って、

「サラダとのりとご飯」

しか注文していないのだ。

当然、店の方はいやな顔をしたが、筒見は、

「メニューにちゃんとあるものを頼んで、どこが悪い！」

と開き直っている。

「——町田君」

と、筒見は言った。「我が社の命運は君の肩にかかっている！　〈すずめバス〉の栄光ある伝統の火を、何とか消さずにすませたいのだ！」

〈すずめバス〉の栄光ある伝統？

藍は苦笑するしかなかった。

——同じ観光バスでも、〈はと〉と違って〈すずめバス〉は「超」のつく弱小企業。

そこの数少ないバスガイドである町田藍は、かつて大手の〈Hバス〉にいた身。——確かに小さいなかにも、ユニークな着想の観光コースで頑張る〈すずめバス〉を潰《つぶ》したくはない。

しかし……。

「社長、どうしろとおっしゃるんですか？」

と、藍は言った。

「つまり——君の余人にない超能力を活《い》かした、〈霊感ツアー〉で、どたん場での復活劇を実現するのだ！」

そう来ることは、藍にも分っていた。

——町田藍は、もちろんガイドとして実力もあるが、他の誰にもない能力が一つある。

それが「霊感が人並み外れて強い」ということ。

その能力を活かして、これまで〈すずめバス〉では幽霊の出る場所などを巡るツアーを企画し、これにはマニアックなファンが必ず集まって、稼ぎ頭になっていた。

確かに、いつも、とはいかないものの、藍が霊のある場所へ行くと、本当に幽霊やその類《たぐい》が現われることがあり、マニアの間では藍は〈霊感バスガイド〉として有名である。

「でも社長」

と、藍は言った。「いい場所があったんですか？」

そうそういつも都合良く、「お化けの出る場所」が見付かるわけはない。

「いや、残念ながら……」

と、筒見は腕組みをした。

「それじゃ仕方ありませんね」

藍は首を振って、「社長、せめてお肉もひと皿ぐらい取りましょう。私が払いますから。お店に悪いですよ」

「そうか？　じゃ、君一人で食べてくれ。社長の身で、部下におごってもらっては申しわけない」

「そんなこと構いませんけど――。あ、ちょっと」

藍は肉を取って、少し落ちついた。

「どうだろうね、町田君」

と、筒見はぐっと膝《ひざ》を進めた。「ものは相談だが……」

「何ですか？」

と、藍はお茶を飲みながら、「何かいい考えでも？」

「いい考えか、と訊《き》かれると、困るんだがね。しかし他に手がない」

筒見は急にかしこまって、「町田君、頼む！　この通り」

と、頭を下げた。

「本物の幽霊が出なくても、そこは我々の〈特別参加〉で、出たように見せるんだ」

藍は目を丸くした。

「だめですよ！　そんなインチキ。——もしばれたらどうするんです！」

「そこを上手《うま》くやるのさ」

「できません」

と、藍は首を振った。「あのツアーに参加して下さるお客様は、私のことを信じて下さってるんです。そんなインチキをしては、もう二度と信用して下さいませんよ」

「じゃ、君は〈すずめバス〉が潰れてもいいと言うのかね？　私はともかく、君原君や山名君たちを路頭に迷わせて平気なのか？」

「そうおっしゃられても……。別に私が〈すずめバス〉を潰すわけじゃ……」

「いや、現に君は潰そうとしている」

「そんな言い方、ひどいじゃありませんか」

と、藍もつい言い返した。

「他にどんな言い方がある？　君の冷酷な仕打ちに、きっとみんなは一生君を恨むだろう！」

「社長、いくら何でもそれは——」

「社長——」

と、藍が腰を浮かしたときだった。

「幽霊が出ればいいんだね」

と、誰かが言った。

「え？」

一瞬、空耳かと思った。

しかし、それにしてははっきり聞こえたが——。

「ここよ」

隣席に、五十がらみの女性が座っていた。

「——聞く気はなかったけど、お話が面白くてね。つい、聞き入っちゃったわよ」

筒見が腹立たしげに、

「冗談じゃないんだ。我々の暮しがかかってるんだ」

「もちろん、分ってるわよ」

法事の帰りででもあるのか、黒いスーツに身を包んだその女性は、なぜか一人で席についている。

焼肉の店に一人で来るというのも珍しいだろうが……。

「でっち上げるのはいやだって、その人の言うことも分るわよ。だから、本当に出る所があればいいんでしょ？」

髪は大分白くなっているが、育ちのいい印象の女性だ。

「どこかご存知で？」

筒見の態度がガラリと変る。

「まあね。――あんたたちが信じるかどうか分らないけど」

「教えて下さい！　町田君も、本物ならいいんだろ？」

「え……。まあ……」

「決った！〈ついに発見！　幽霊の里！〉これで行こう！」

女は笑って、

「面白い人だね、あんたは」

「いや、恐縮です。何でもキャッチフレーズにしてしまうくせがついてて……。それはどこです？」

「少し遠いがね」

「構いません。たとえ地の果てでも」

そんな所まで行けるか！

「――N市から山奥へ十キロほど入った所に、火走村《ひばしりむら》という所がある」

「火走村？　変った地名ですね」

と、藍は言った。

「そこはね、魔女が火あぶりにされた村なのさ」

「魔女？」

「そう。——その恨みが今も残って、村には魔女の幽霊が出る」

——ヨーロッパのキリスト教世界では「魔女狩り」で何万という人間が焼き殺された。

しかし、日本ではあまり聞いたことがない。

「ぜひ行ってみましょう！　ありがとうございます！」

と、筒見は頭を下げた。

「お礼にゃ及ばないよ。お役に立てて良かった」

そう言うと、その女性は立ち上って、店の玄関の方へ行ってしまった。

「——妙な人ですね」

「妙でもいい！　ぜひそこへ行こう！」

成り行き上、藍も断り切れない。

すると、

「お待たせしました」

と、またお肉の皿が運ばれて来る。

「あれ？　注文してないぞ」

「もう一人の女の方が払って行かれました」

「払って行った？」

藍と筒見はテーブルに溢《あふ》れんばかりにお肉の皿が並ぶのを、唖然《あぜん》として眺めていた……。

2

バスは大きくバウンドするように揺れた。

町田藍も危うく尻もちをつくところだった。

「――皆様、頭を天井へぶつけないよう、ご注意下さい！」

藍がすかさず言ったので、バスの中は笑いに包まれた。

いくら飛び上っても、バスの天井は高くて、まず頭をぶつける心配はない。

藍はとりあえずホッとして、運転席へと歩み寄った。

ハンドルを握っている君原は、珍しく真剣そのものの面持ちで、正面をにらみつけている。

「どれくらい来たと思う？」

と、藍は小声で訊いた。

「見当つかないよ」

君原が首を振る。「あと一キロか、あと十キロか。——この道と霧じゃ」

君原の額に汗が浮んでいる。藍は邪魔にならないように、そっとハンカチでその汗を拭《ふ》いた。

君原は〈すずめバス〉きっての二枚目運転手である。彼がいるから、バスガイドが辞めない、という効果もあった。

しかし、藍としては、君原は何より優秀な運転手であり、外見はどうでも良かったのである。

「でも、無茶よね。下見もしないで、いきなりツアーだなんて」

藍は前方を見ながら呟《つぶや》いた。

——あの、焼肉屋にいたふしぎな女性は誰だったのか、結局分らずじまいだったが、一旦《いったん》やる気になった筒見社長は、早くも次の日にはチラシを作って、〈霊感ツアー〉の常連客へ送っていた。

何しろ、その「火走村」が本当にある、と確かめたのはその後だったのだ。

確かめたといっても、君原が地図で見付けただけ。いつもなら、藍が下見をして、場所や、バスの通れる道かどうかもチェックしてからツアーの企画を立てる。

しかし、しばらくこの手のツアーがなかっただけに、筒見の思惑通り、ツアーはたちまち「常連」で一杯になった。

しかも、相当高めの料金設定をしていたので、差し当り〈すずめバス〉は危機を乗り切ったのだ。

藍は気が咎《とが》めてならなかった。

〈霊感バスガイドと共に訪ねる『魔女の村』！　焼き殺された魔女の幽霊があなたを歓迎！〉

いくらでも苦情の来そうなキャッチフレーズである。

このバスの常連客は、藍が特別霊感が強く、これまで何度も本物の霊体験をしていることを承知だ。

今回も、「あの人がいれば出るだろう」と期待して来ているはずである。

藍も、いつもいつも幽霊と出会っているわけではない。それに、当人としては、「会いたくて会うわけじゃない」。

しかし、一方でお客さんたちのためには、「出てほしい」という気持もある。

しかし、今回ばかりは――。

急ブレーキがかかった。

「キャッ！」

藍も、さすがにこらえ切れず、尻もちをついてしまった。

「――失礼しました！」

それでも立ち上りながら、まず客の方へ、「おけがはありませんか?」

と、声をかける。

「藍さん、大丈夫?」

と、席を立って来たのは、遠藤真由美である。

いつも、制服のセーラー服で参加する十七歳の高校二年生。

最も若い「常連さん」だ。

「大丈夫よ、私は。——君原さん、どうしたの?」

「人影が見えたんだ、霧の中に」

山道は想像もしなかった濃い霧。——運転手としては最悪の道だろう。

「そう? 見てくるわ」

藍はバスを降りると、白い霧の奥へ、

「——誰かいるんですか?」

と呼びかけた。

すると——霧の中に、かなり老いた感じの女が現われたのだ。

「あなたは……」

「村へ入っちゃいけない」

と、老女は言った。「二度と帰れなくなるよ。村へ入るんじゃない……」

「どうして？」

「ここでお帰り……」

そう言うと、老女の姿は霧の中へ消えて行った。

「あの……」

藍は呼びかけようとしたが、やめた。

「藍さん！　今のおばあさん、何だって？」

いつの間にか真由美もバスから降りて来ている。

「村へ入るな、って。二度と帰れなくなるとも言ってたわ」

「凄《すご》い！　ね、今のおばあさん、幽霊？」

「え？――いえ、違うと思うけど」

藍は、ちょっと曖昧《あいまい》に言った。「バスに戻りましょ」

バスの乗客はみんな立ち上っていた。

真由美同様、今のは幽霊かと期待しているのだ。

「――今のおばあさんが幽霊だったとは、私には思えません」

と、藍は事情を説明して、「ただ、万一、今の警告が事実だったら……。お客様を危険にさらすことだけは、避けなくてはなりません」

藍は、ツアー客たちを見渡して、

「ここで引き上げましょうか。もちろん、料金はお返しします」

そうすれば、〈すずめバス〉はあえなく倒産だろう。しかし、客の身の安全には代えられない。

「行こうよ」

と、客の一人が言った。「我々は子供じゃない」

「そう。ちゃんと多少の危険は承知で、いつもこのツアーに参加してる」

「行こう！　ここまで来て引き返すなんて！」

「そうだ！」

一斉に拍手が湧《わ》いた。

「――霧が晴れた」

と、君原が言った。

道がくっきりと見えている。

「分りました。じゃ、急ぎましょ、今の内に」

藍は君原へ肯《うなず》いて見せた。

火走村。

――無人の村かと思うような、ひっそりと静まり返った家々。

しかし、夕方になって、明りが灯《とも》っているから、人は住んでいるのだろう。バスが村の通りへ入って行くと、家々の窓が細く開いて、人々がそっと覗《のぞ》いて見ているのが分った。

「ええと……旅館があるはずだわ」

ともかく、泊る場所がなければ来られない。

「誰か立ってる」

通りの真中に、何とも古くさいモーニング姿の頭の禿《は》げた男が立っていた。

藍がバスを降りると、

「いらっしゃいませ」

と、男はていねいに、「私どもの火走村へようこそ」

「〈すずめバス〉の者です」

「存じています。〈霊感バスガイド〉の町田藍さんですね」

「はあ……」

「私は村長の福井《ふくい》貞吉《さだきち》と申します」

地味な印象の男だ。「この村にお客様がおいでになるのは、本当に久しぶりです」

「どうも……。あの——旅館が一軒あると伺いましたが」

「はい、皆さんをお待ちしております」

福井村長が後ろを向いて手を振る。

すると——暗くなりかけた山々を背景に、木造三階建の旅館に一斉に灯《ひ》が入り、まるで突然出現したかのようだった。

「さあ、どうぞ」

「ありがとうございます」

藍はバスへ戻って、君原へ、「——ともかく旅館は本当にあったわ」

と言った。

「ありがたい！　風呂《ふろ》ぐらいついてるよな？」

「たぶんね」

と、藍は言った。「出発！」

3

「藍さん？」

湯気の向うから声がした。

「真由美さん？」

「うん」

「全然見えないわね」

――旅館の大浴場。

といっても、大して広くはないが、一応温泉が出ているということだった。

湯に浸《つ》かって、真由美がそばに寄ってくる。

「あ、やっと見えた」

二人で笑って、

「――でも、旅館がちゃんとしててホッとしたわ」

「古そうだけど、きれいにしてる」

「そうね」

食事も、こんな山の中の村にしては、そう悪くなかった。

村長の福井が夕食の席にも現われて、

「明朝、この村に残る、〈魔女の火刑《かけい》〉の跡にご案内します」

と言った。

――正直、藍はホッとしながら、少々申しわけない気がしていた。

「真由美さん」

「え？」

「ここ……。ただの温泉町かもしれない。客寄せに古い言い伝えを大げさに言ってるだ

ばたいてい雰囲気を感じるんだけど」

「村へ入ったときも、この旅館へ入って来たときも、何も感じなかった。――何かあれけで」

「じゃ、何も出ない？」

「でも、それならそれでいいじゃない。みんな、そううまく幽霊にお会いできるとは思ってないわ」

と、真由美は屈託がない。「〈すずめバス〉危いんでしょ？」

「真由美さんまで知ってるの？」

「だって、社長さんの手紙、切羽詰ってたもの。〈何とぞこのツアーにご参加下されたく、心より重ねてお願い申し上げます〉って」

藍はふき出しそうになった。

「――社長も悪い人じゃないんだけどね」

「私、応援してる」

「毎度どうも」

と、藍は笑って言った。

すると、二人だけだった大浴場の戸がガラッと開いた。

むろん、他の客が入って来ることもあるだろう。

だがそのとき、藍は突然凍るように冷たい風を感じた。

単に外気が入った寒さではない。

「真由美さん、出て！」

と、藍は言った。

「え？」

「早く出るのよ！」

藍は真由美の手をつかんで引張ると、お湯から飛び出し、そのまま戸口へと駆けた。

戸を開けて脱衣所へ入ったとたん、

「ワッ！」

と、真由美が叫んだ。「寒い！」

脱衣所は、まるで冷蔵庫のように冷え切っていた。

「急いで体を拭くのよ！」

濡《ぬ》れた体では、一気に冷える。

藍はタオルをつかむと、真由美の体をゴシゴシとこするように拭いた。

「早く服を着て！」

肌が刺すように痛い。

藍は浴衣《ゆかた》を体に巻きつけるようにして、真由美と共に廊下へ飛び出した。

——そこは、ごく普通の暖かさ。

「今の……何だったの？」

真由美は青ざめている。

「分らないわ。でも、普通じゃない」

藍は浴衣をきちんと着て、「——ここにいて」

「藍さん！　置いてかないでよ！」

「じゃ、私につかまって」

脱衣所の戸を開けると、そこは白い寒気が渦巻いていた。

女が一人、浴衣をスルリと足下《あしもと》へ落とした。

真白な肌。長い黒髪。

女は二人の方をゆっくりと見た。

長い髪に隠れて、女の顔はよく見えなかった。

「冷やさないとね……」

と、女は言った。「とっても熱いの。火で焼かれるって、とても熱いのよ。——凍るくらい冷たいお風呂に入らないと……」

「あなたは——魔女？」

と、藍が訊く。

女はちょっと笑った。

「魔女だなんて！　私はただの女よ」

そして、女の姿は冷気の向うへ消えて行った……。

ロビーと呼ぶほどの場所でもなかったが、小さなソファの置かれた休憩所で藍と真由美はしばらく黙って座っていた。

「私――あんなにはっきり幽霊見るなんて思わなかった」

真由美もさすがに青ざめている。

「あの冷気には、憎しみがこもってる。だからあれほど激しいのよ」

「本当に魔女の火刑があったのかしら？」

「今の経験からして、あったって気になるわね」

「――やあ」

君原が浴衣姿でブラリとやって来た。「いいお湯だったよ。何だ、二人とも青い顔して。早く入って来たら？　体が暖まるぜ」

二人は顔を見合せた。

「女湯の方は、ちょっとぬるくて」

と、真由美は言った。

「——しかし、結構ひなびた、いい宿じゃないか」

君原はソファにかけて、「一緒に入ってた客は、『幽霊が出なくても、これなら悪くない』って言ってたよ」

「そう願うわ」

藍は、そう言って、「真由美さん、部屋に行く？」

と、立ち上った。

「私——藍さんの所で寝てもいい？」

と、真由美が藍の浴衣の袖《そで》にすがりつく。

「ええ、いいわよ」

君原がニヤリと笑って、

「俺《おれ》の部屋でもいいよ」

と言った。

「君原さん、私が二十歳《はたち》になるまで待っててね」

と、真由美は言い返した。

4

「おはようございます」

和服姿で朝食の席にやって来たのは、この旅館の女将《おかみ》、山根久美子《やまねくみこ》だった。

四十がらみの、垢抜《あかぬ》けた女性である。

「ゆうべはよくおやすみになれましたか？」

訊かれて、藍は、

「夜、お風呂をいただいて……」

「じゃあ、よくあったまって、眠れましたでしょう。朝の一風呂は？」

「いえ……。ゆっくり寝ていたもので」

「まあ、そうですか」

「女将さんは、夜遅くに入られるんですか？」

「ゆうべは、久しぶりの大勢のお客様でしたので、疲れて寝てしまいました」

「そうですか」

「疲れるほど、お客様においでいただくなんて、夢のようですわ」

山根久美子は、素直にそう言っているようだった。

藍はご飯にお茶をかけ、

「――女将さんはこちらの方ではないようですね」

「はい。村長さんに口説かれて、ここを任されました。N市で料理屋をやっておりましたが、不景気で店を閉めようかと思っていたところで」

「ああ……。じゃ、ここにはどのくらい？」

「まだ半年ほどにしかなりません」

「そうですか」

山根久美子は時計へ目をやって、

「九時に、村長さんがみえて、皆さんをご案内するそうですから」

と言った。

「女将さんは、その〈魔女の火刑〉の跡というのをご存知ですか」

「いえ、見たことないんです。今日は私もご一緒しようと思っています」

「じゃあ、後ほど……」

――藍は、お茶漬をかきこんで、息をついた。

ツアー客の誰も、ゆうべはよく眠ったらしい。

しかし、藍はいやな予感がしていた。

「藍さん、おはよう」

真由美がやって来た。

「ああ、よく寝てたから、起さなかったのよ」

「寝坊しちゃうとこだわ。――お腹空《なかす》いた！」

藍はご飯をよそってやった。

「はい、どうぞ」

真由美は凄い勢いで食べ始め、藍は思わず笑い出していた。

「──ああ、落ちついた」

ご飯を二杯食べて、真由美はやっと一息つくと、「藍さん、あの後、何か変ったことは？」

「特にないわ」

「でも──ただの宣伝文句じゃなかったのね」

藍は何とも言えなかった。

自分の不安が真由美に伝染《うつ》ってしまいそうで怖かったのである。

部屋へ戻ると、手早く制服に着替える。

お客より早く、玄関へ出ていなくてはならない。

姿見の前で、全身を映してチェックする。

これで大丈夫。

ちょっと息をついて、背筋を伸ばすと、部屋を出る。

──玄関には、村長の福井が、背広姿で立っていた。

「おはようございます」

と、藍は挨拶《あいさつ》して、「本日はよろしくお願いします」

「やあ、どうも」

好人物らしい笑顔で、「私は専門家じゃないんで、説明も下手《へた》ですからな。困ったときは助け舟をお願いしますよ」

「ここからどれくらいあるんでしょうか」

「山道を歩いて――二十分ってところですかな」

「分りました。――いろんな年代のお客様がいらっしゃいますので」

「少しゆっくり歩きましょう。都会の方は足が弱い」

「私もですわ」

と、藍は微笑《ほほえ》んだ。「その〈魔女の火刑〉というのは、いつごろのことですか?」

「いや、遠い昔ですよ、もちろん」

「時代で言うと……」

「ああ、女将さん、あんたも行くのかね」

「お供しますわ」

山根久美子が言った。――和服から、ジャンパーにジーパンという格好になって、一瞬誰かと思う。

「──お水ぐらいは持った方がよろしいでしょうね」

と、藍は言った。「ペットボトルが数本あれば」

「持って来ましょう」

と、女将が行ってしまうと、福井も、

「ちょっと手洗いを……。山の中は冷えますな」

と、小走りに洗面所へ。

玄関を出て、藍は一人、この小さな村の通りを見渡していた。

その少女は、哀《かな》しげな目で立っていた。

やって来る足音も聞こえなかった。

不意に、藍から数メートルの所に立っていたのである。

年齢は、十歳になるかどうか。──ちょっとよそ行き風の、レース飾りのついたワンピースを着ている。

色白の可愛い顔立ちだった。

「こんにちは」

と、藍は声をかけた。「どこから来たの？」

少女は、ちょっとびっくりした様子で、

「私が見えるの？」

と言った。

「ええ」

「私の声が聞こえるの？」

「聞こえるわ」

「そんな人、初めて」

と、少女は首をかしげて、「あなたも幽霊？」

「いいえ。でも、あなたのような人と、お話ができるの」

「ふーん」

少女は少し拍子抜けの様子で、「怖くないの？」

「怖くないわ。だって、あなたは私に何かひどいことなんてしないでしょ？」

「私はね」

と、少女は言った。「でも、他の人は分らないわよ」

「他の人って、どこにいるの？」

少女が何か言いかけたとき、玄関に出て来るツアー客の声が響いた。

振り向いた藍が視線を戻すと、もう少女の姿はなくなっていた。

——これほどはっきりと幽霊の姿を見ることは、藍にしても珍しい。しかし、少女が「他の人」と言ったことが気になった。

「藍さん！」

真由美はすっかりゆうべの恐怖など忘れたように元気に飛び出して来た。

「まだか？」

山道に音《ね》を上げたツアー客が大きく息をついて、「これじゃ、こっちが幽霊になっちまう」

「もう少しです」

と、先頭に立った青年が振り向いて言った。

「少し休みますか？」

「いや、ここで休んだら、もう一歩も進めなくなる。本当にもう少しなんだろうね？」

「ええ、本当です」

と、青年は笑って、「さっきから『もう少し』って言ってるようですけど、僕にとっちゃ、『少し』なんですよ」

「少し休みましょう」

と、藍は言った。

何しろ、運動不足の都会人ばかりである。

息を切らすぐらいならいいが、貧血を起されたり、足がつったりしては厄介だ。

「分りました。じゃ、そこの河原で」

清流の岩場は、腰をおろす所が沢山あった。

みんな、腰をおろしてハンカチで汗を拭いている。

木洩《こも》れ日が射して、深い山の中は静かだった。

「——水をお飲みになる方は？」

と、藍は訊いて、何人かに紙コップを渡し、ペットボトルの水を注《つ》いだ。

藍は、少し離れて切株に腰をおろしている青年の方へ歩いて行った。

「村長さんもお疲れのようですね」

と、藍は、ツアー客に劣らず汗をかいている福井村長の方を見ながら言った。

「若いころはよくここを歩いたんでしょうけどね」

と、青年は笑った。

一行を案内する役でやって来たのは、石井紀久《いしいのりひさ》という、二十七、八の若者だった。

「石井さんは郷土史研究家？」

と、藍は訊いた。

「まあ、そんなものです。もともとはN市で大学へ通ってたんですが、休暇中にここへハイキングに来て、すっかり気に入りましてね」

「今はここに住んでらっしゃるの？」

「そうです。——親父《おやじ》がちょっとした遺産を遺してくれましてね。ぜいたくしなければ、郷土史研究なんて、金にならないことをやっていても、何とか食べていけるんです」

「まあ、羨《うらやま》しい」

と、藍は微笑んだ。

「ちょっと女将さんから聞きましたが、あなたは霊感が強くて、幽霊を見たりするそうですね」

「たまに、ですけど」

「いや、凄いですね！　僕も方々で、その土地に伝わる怪奇伝説なんかも聞くことがあるんですが、ついぞ本当の怪奇現象なんか、出くわしたことがありません」

「大して楽しいものじゃありませんわ」

藍はそう言って、「ここの魔女の話、本当のことですの？」

と、少し小声で訊いた。

「それが……。その話になると、村の人たちもどうしてだか、しゃべってくれないんです」

「でも、村長さんは——」

「あの人は、何とかしてこの村から若い人たちがどんどん出て行くのを止めたいんです。それで、村のただ一つの旅館を潰さないためにも、この魔女の話を利用しようと……」

「魔女の火あぶりというのは、キリスト教世界の話でしょう。日本では聞いたことがありませんけど」

「しかし、確かにこの上には、それらしい場所があるんです。——僕も、本当に何が起ったのか知りたいんですけどね。でも、何の史料も残ってない」

妙な話だ。

藍は、石井の話を聞いても、全く安心できなかった。

「——さあ、そろそろ出かけましょうか」

と、石井が立ち上る。

山の緑の力か、ツアー客のみんなも少し休む内に元気を取り戻していた。

「村長さん、大丈夫ですか?」

と、石井が声をかけると、福井は、

「もちろんだ!　休み過ぎてくたびれたよ」

と、強がって見せた。

山道はあと数分続いた。

——それは不意に現われた。

先頭を行く石井がピタリと足を止めた。

「どうしたんですか?」

と、藍が訊く。

「着きました」

と、石井が言った。「ここです」

藍は、石井と並んで立った。

急に、低くくぼんだ土地が広がっていた。

まるで小さな火山の火口のように、直径数十メートルの円形のくぼ地。

そこには草も木も生えていなかった。乾いた土と岩の土地。

しかし、そこには自然でない「木」が生えていた。

「――いかがです」

息を弾ませながら、福井が言った。

「ここが……？」

「魔女をあの柱につないで、火あぶりにしたんですよ」

柱。――太い柱が、黒く焼けこげて、その乾いた岩だらけの土地に立っている。

しかも一本ではない。二本、三本……。

藍は数えた。全部で七本ある。

「わあ」

真由美が、藍と並んで声を上げた。

「こりゃ、なかなかのもんだ」

ツアー客たちは、疲れも忘れたようで、次々にそのくぼ地へ下りて行く。

藍はしばらくそこから動けなかった。

そのくぼ地には一種の妖気《ようき》とでもいうものが、見えない水のように満ちていた。

憎しみの湖のようだ。

そう思うと、藍は不安げに空を見上げた。

きれいに晴れ上った空に、少し黒い雲が広がっていた。

5

「ガイドさん、何か出ないかね」

と、ツアーの客が声をかけてくる。

藍は、適当に微笑んで、

「今のところは」

と答えた。

みんな、黒く焼けこげた柱のそばで記念撮影をしている。

「——藍さん」

真由美がやって来た。

「どうしたの？」

「何だか、藍さん、心配そうに見えて。——何かありそう？」

「分らないわ」

と、藍は首を振って、「ただ、ここは祝福された場所じゃないわね」

「でも、本当だったのね、魔女の話」

「少なくとも村長の話とは違うわ」

「というと？」

「おっと！」

そのとき誰かが、
何かにつまずいて転びそうになった。

「大丈夫ですか？」

と、藍は急いで駆けて行った。

「ああ、何ともない。何か引っかけたんだ」

藍は、かがみ込むと、その客が靴の先で引っかけたものを、引張ってみた。

「鎖だわ」

力をこめて引張ると、太い鎖が地中から現われて来た。

「おい！　これは魔女を柱へくくりつけた鎖じゃないのか？」

と、みんなが寄って来た。

藍は、少し離れて立っていた福井村長が、女将の山根久美子に熱心にあれこれ説明しているのを見た。

ツアー客たちは、その鎖を手に、また記念撮影。

藍は、その場から離れた。

「藍さん、どうしたの？」

と、真由美が言った。「凄く怖い顔してる」

「ここから離れなきゃ」

「どうして？」

「あの鎖。──何百年も前のものじゃない、ごく最近のものよ」

「え？」

「ここで誰が殺されたにしろ、それはこの何年かの間のことだわ」

真由美が言葉もなく藍を見つめていると、突然、ツアー客の一人が、

「ふざけるな！」

と怒鳴った。「このアングルは俺が見つけたんだ！」

「何だって言うんだ！　貴様こそ、どけ！　邪魔だ！」

真由美は目を丸くして、

「あの人たち――いつも、おっとりしてて、ケンカなんてしたことないのに」

見る間に二人が取っ組み合いを始める。

藍はその場へ駆けつけると、ペットボトルのふたを開け、中の水を、つかみ合っている二人の上に注いだ。

「ワッ！」

「冷たい！」

二人は悲鳴を上げて離れると、

「――どうしたんだ？」

「何だか、頭がヒリヒリして痛い」

と、キョトンとしている。

「お二人でつかみ合いのケンカをしてらしたんですよ。憶えてないんですか？」

と、藍は言った。

「ケンカだって？」

「僕が？　まさか！」

やはりそうか。

藍は大きな声で、

「皆さん！」

と、呼びかけた。「引き上げます。ここを離れましょう！」

「もう？」

「まだ早いよ」

と、声があがったが、

「私を信じて下さい。これ以上ここにいると、今のお二人のように、この場の持ってい
る空気に毒されてしまいます！」

藍の真剣な態度に、常連客は、

「あんたがそう言うのなら……」

と納得してくれた。

「待ってくれ」

村長の福井がやって来ると、「せっかく苦労して上って来たのに、どうしてゆっくり
しないんだね？」

「村長さん」

藍は言った。「ここには悪い空気がたまって、淀《よど》んでいるんです。長くいると、それ
に染まってしまいます」

「悪い空気？　馬鹿らしい！」

「いいえ、事実です」

藍は首を振って、「それは、まだ新しいから強力なんです」

福井の顔がこわばった。

「どういう意味だね」

「それは、こちらが伺いたいことです」

藍はそう言うと、ツアー客へ、「さあ、山を下ります」

と合図をした。

「おい！——どういうことだ！」

福井は一人カッカしている。

「あなたが正しいと思います」

と、石井が藍の方へ寄って来て言った。「どうも、ここにいると気が滅入《めい》る」

「そうね、私も息が詰りそう」

と、山根久美子が言った。

「——藍さん！」

と、真由美が叫んだ。「上れない！」

「どうしたの！」

藍は、このくぼ地から出ようとしていた真由美の方へ駆け寄った。

「見て。——上ろうとすると、しっかりした石ころだらけの斜面が、急に砂になるの」

本当だった。

斜面を上ろうとするツアー客が、足下がザッと崩れて、転り落ちて来る。

「どうなってるんだ！」

藍は、自分も上ろうとしたが、足下の固い岩がたちまち砂の塊《かたまり》と化して崩れて、一歩も上れない。

「ここへ引き止めようとしてるわ」

「誰が？」

「ここで死んだ——いえ、焼き殺された人々が、よ」

真由美が叫び声を上げた。

「見て！」

振り向いた藍は愕然《がくぜん》とした。

立ち並ぶ、黒くこげた柱が、炎を上げて燃え始めたのだ。

一本、また一本。——ついには全部の柱が炎を上げて燃え出し、黒い煙が青空に向かって上って行く。

いや、空もいつの間にか暗くかげって、分厚い雲に覆われていた。

「怖いわ！」

と、山根久美子が言った。「何かのトリックなの？」

「俺は知らん！」

福井が顔を真赤にして否定した。

藍は、空がたちまち黒い雲に覆われるのを見ていた。

「――寒気だわ」

藍は、真由美を抱き寄せて、「皆さん、気を付けて下さい！　猛烈に寒くなります！」

と叫んだ。

――雪が降り出した。

それも、ほとんど吹雪《ふぶき》と呼びたいような勢いだった。

「畜生！　どうなってる！」

と、福井が頭を抱えた。

吹雪の中で、柱は赤く燃え続けている。

すると――山根久美子がフラリと前へ進み出た。

そして、何と雪の中で服を脱ぎ始めたのである。

「藍さん――」

真由美がすがりついて、「何かにとりつかれてる！」

久美子は、寒さなど全く感じていない様子だった。

ついに全裸になると、その白い肌を雪の包むに任せた。

そして、福井の方へと向き直り、

「いい気持よ」

と、ゆっくりした口調で言った。「火あぶりにされると、とっても熱いの。これぐらい寒くないと、あの熱さを冷やせない……」

藍は久美子の前に進み出ると、

「悲しい運命の人」

と、呼びかけた。「あなたがなぜ、ここで焼き殺されたか、私は知りません。でも、今ここにいる人たちは、あなたを恐れるよりは、同情し、救ってあげたいと願っています。お願い、無事にここから帰してあげて」

「みんな同じよ」

と、久美子が言った。「ここを金儲《かねもう》けの道具にしようとしてる」

「それは違います」

と、藍は言った。「みんな知らないの。ここで何があったのか」

「そこにいる男に訊けばいい」

久美子が指さしたのは、真青になって震えている福井だった。

「——ママ」

　そのとき、雪の中に少女の姿が現われた。

　あの、旅館の前で藍が会った少女である。

「ルミ。――どうしたの？　怖い夢を見たの？」

　久美子が両手を広げ、「ママの胸に抱かれておいで。怖いことはないわ」

　少女は首を振って、

「ママは怖いわ」

　と言った。

「ルミ！」

「殺された仕返しに人を殺しちゃいけない。ママならそう言ったでしょ」

「ルミ……。でも、生きながら火に包まれて死んで行く苦しさを、一体誰が分る？」

　藍は振り返って、

「何があったの？　言いなさい！」

　と、福井の胸ぐらをつかんだ。

「私のせいじゃない！　村のみんなが決めたんだ」

　と、福井は叫んだ。

「――工場が来る、という話がきっかけでした」

　と言ったのは、石井だった。

「僕は、この村で突然姉の一家が消息を絶ったので、真相を知りたくて、やって来たのです」

「工場というのは？」

「この村の宿へ泊った男たちが、『ここに工場を建てようかと思って、下調べに来た』

と話したのです」

石井は降りしきる雪を見て、「村は貧しかった。――未来の希望もなく、若者は次々
に村を捨てて行く。その男のひと言は、アッという間に村中に広まりました」

「それは何年前のこと？」

「八年前のことです」

と、石井は言った。「福井村長を始め、村の人たちは、男たちを殿様のようにもてな
して、『どうかここに工場を』と、頼み込んだ」

「私たちは反対した……」

と、久美子が言った。

「やはりそうだったんですね」

と、石井が言った。

「その男たちの言うことは信用できないし、たとえ本当でも、この山中の村に工場がで

きて、山が切り拓《ひら》かれ、川が汚されたら、却《かえ》って村は不幸になる、と」

久美子は言った。「男たちは、ひと月後に来ると言って、帰って行ったのです。それまでに、反対する人間を説得しておけ、と言って……」

福井は雪の中に座り込んでしまった。

「村は……貧しかった。何とかして、人並みの暮しがしたかったんだ！」

「村の人たちの憎悪が、反対していた二家族へ向かいました。――説得してもむだ、と知ると、ある晩、村人たちが、その二軒の家を襲い、大人も子供も、みんなここへ連れて来られた……」

「やる気じゃなかった！」

福井は絞り出すような声で言った。「脅せば、折れてくると……」

「柱は、もともと立っていたのです」

と、久美子は言った。「何に使われたものか、誰も知りません。その柱に私たちは縛りつけられ、ガソリンをかけられ、村の人たちは手にしたたいまつの火をかざした……」

「やる気じゃなかった！」

福井は頭を抱えた。「一人の持ってた火が、風で飛んで、ガソリンに火がついてしまった。一人が火に包まれて叫び声を上げた……」

「私たちは、子供の命までかけて反対するつもりはなかったのです。村を出て行くから、許してと懇願しました。——でも、一人が焼け死ぬと、それが発覚するのを恐れて、次々に火がつけられた……」

「みんな、どうかしていたんだ！」

「ルミ……。私はルミを抱きしめて……」

久美子の声が震えた。「火に包まれようとしたとき——私は、焼き殺されるよりは、と、我が子の首を絞めて、殺したのです……」

「何てむごい……」

真由美が声を詰らせた。

「——死体を山中に埋め、村人たちは、絶対にこのことは口外しないと誓い合った」

と、石井は言った。「しかし、ひと月たっても、男たちは現われなかったのです」

「インチキだったのね」

「ええ。その会社の人間を見付けて、問い詰めました。酔った勢いで、工場の話を出まかせで言って、村の人たちがあんまり大喜びしているので、今さら嘘《うそ》とも言えなくなったと」

「何て愚かなことを……」

藍は、福井の方へ、「しかも、今度は観光客を呼ぼうと、自分たちの殺した人々を魔女だと言って――」

「他に何の方法もなかったんだ。――たまたま山歩きをしていて、村の旅館に泊った客が、ここを通ったときに、『まるで中世の魔女狩りのあとのようだ』と話していた。それを聞いて、思い付いた。まさか、昔のことが明るみに出ることなどないだろうと……」

「――ママ」

少女が久美子に抱きつくと、「この人たち、いい人だよ」

「ルミ……」

「助けてあげようよ」

少女の言葉は、一筋の陽光のように、母親の凍った心を溶かしたようだった。

「この子と話をされたあなた」

と、藍へ話しかけた。

「はい」

「殺された私たちのことを、ちゃんと知らせて下さい。世の中の人々に」

「分りました」

「人間は――ごく当り前の人たちでも、時にこんな恐ろしいことをするのだと、分ってもらえるように……」

「お約束します」

と、藍は言った。「今、村は死んだように活気もありません。みんな怯《おび》えているんです」

「そうであってほしい……。人は、自分の罪を忘れて、人を責めるものです」

久美子が空を見上げると、見る間に雪が止《や》んで、サッと青空が広がった。

そして、少女の姿は消え、久美子はその場に崩れるように倒れた。

「山根さん！」

藍は駆け寄った。「真由美ちゃん、服を着せるの、手伝って！」

気を失った久美子に服を着せている間に、降りつもった雪は溶けて行った。

久美子が目を開け、

「私……どうしたの？」

と、呟いた。

「もう大丈夫ですよ」

藍は久美子を支えて立たせた。「――さあ、山を下りましょう」

福井村長は、急に老け込んだように、石井に支えられて、やっと歩き出した。

「――いや、凄いツアーだった」

どうやらお客も充分満足したようだ。

山を下りながら、真由美が言った。

「でも、藍さん。村の人たち、認めるかしら、そんな殺人を」

「死体を埋めたところが分れば……。罪は償わないと」

「私たちまで皆殺しにされないよね」

「もう、そんな真似《まね》はしないでしょう」

——あの、殺された人々も、真由美と同様の心配をしていたらしい。

村が見える所へ下りて来て、藍たちは唖然として足を止めた。

村が、雪で埋っていた。

数メートルの雪が、家々をほとんど屋根まで覆い、その重みは家を潰しかねなかったのである。

誰もが分っただろう。——これが誰の怒りによるものか。


「——で、慰霊祭があるということなんだな?」

と、筒見は会社の机に足をのっけて言った。

「はい」

藍は肯いて、「お休みを取って、出席して来たいと思います」

「ああ、もちろんいいとも」

「ついては、〈すずめバス〉としても、多少のお香典を」

「うん？　ああ——。そうか。そうだな」

「あのツアーのおかげで、助かったんですから」

「分っとる。用意しよう」

「よろしく」

藍が一礼して戻ろうとすると、

「町田君、どうだろう。〈霊感バスガイドと行く、鎮魂ツアー〉というのは」

藍は、聞こえなかったふりをして、そのまま社を出て行ったのだった……。

予告編の人生

1

映画は嫌いな方じゃない。

いや、むしろレンタルビデオで借りて見るよりは、できるだけ映画館へ足を運んで、暗がりの中、スクリーンに映し出される様々な人生を楽しむ、という点で、町田藍は「正統派」の映画ファンと言えるだろう。

普通のOLと違って、藍は土日が休みというわけではなく、朝九時から夕方五時までで仕事が終るわけでもない。

町田藍の仕事はバスガイド——業界でも有数の小企業、〈すずめバス〉に勤めている。

人に勤め先の名を告げると、

「〈はと〉じゃないの？」

と、必ず笑いながら言われる。

実は藍、以前はその「業界最大手」の会社に勤めていたのだが、リストラに遭って退職。それでも「バスガイド」という仕事に就《つ》きたいと選んだのが、今の〈すずめバス〉

である。——給料はお世辞にもいいとは言えないが、まあ何とか一人で食べていくことはできる。

そして、こういう仕事のいいところの一つは、平日に休みがあるので、空《す》いている映画館へ入れる、ということだったが……。

「——ここしか空いてないよ」

と、須田涼子《すだりょうこ》が言った。

「計算違いだったわね」

と、藍はため息をついた。

平日の午前中、映画館はどこもガラガラだろう——という予想はみごとに外れ、五つも映画館の入っているこのビルで、二人が見ようとしていた映画の上映館はどこも満員だったのだ。

「一体どういう人が来てるわけ？　休日でもないし、学校の休みの時期でもないのに」

と、つい文句を言いたくなる藍だった。

「私たちみたいな人が」

「そうか」

土日が休みでない職業も少なくない。それに、須田涼子のように、専業主婦はこうして午前中から出て来られる。

「じゃ……どうする？」

もしこれがだめならあれ、あれもだめなら、そっち……。

五本の映画に、「順序」をつけておいたのに、その「第一希望」から「第三希望」まで、すべてだめ。

もう一つが「お立見」で、結局、「座ってごらんになれます」というのは一つしかなかった。

「これに入る？　私はこういうの、嫌いじゃない」

と、須田涼子が言ったのは――実は藍の一番苦手な「ホラー映画」。

映画をやめて、お茶でもしよう、と言って言えないことはなかった。

しかし、大学時代の友人、涼子も今は専業主婦で、「めったに外出できないの」と嘆いている。

今日の映画を楽しみにしていたはずだ。

これを見て、少し遅いランチを食べて、夕ご飯のおかずを買って帰る……。

その友人のささやかな楽しみを奪いたくなかった。

「いいわ。じゃ、これに入りましょ」

と、藍は肯《うなず》いた。

怖かったら、目をつぶってりゃいいんだわ、と自分へ言い聞かせつつ、チケットを買おうと財布を取り出した。

——中へ入ると、客席はやっと半分ほどの入り。

二人は、かなり見やすい席に座ることができた。

「まだ十五分くらいあるね」

と、藍は言った。「何か飲物でも買って来る?」

「藍は?」

「ウーロン茶でも買って来るかな。涼子もそれでいい? じゃ、一緒に買って来る」

藍はロビーへ出ると、暇そうな売店へと足を向けた。

「ウーロン茶二つ」

と、千円札を出す。

おつりを受け取っていると、入口のモギリの女性が小走りに駆けて来て、売店の女の子へ、

「ねえ! また来たわよ!」

と、小声で言った。

「本当?」

「今、客席に入ってった。きっとここへホットドッグを買いに来るわよ」

「何か気持悪くていやだ」

「でも、きっと来るって。——ほら」

重い扉が開いて、しわだらけのコートをはおった、初老の男性がロビーへ出て来た。

迷うことなく、真直《まっす》ぐに売店へやって来ると、

「ホットドッグ」

と、硬貨を置いた。

藍は、売店の他の品を眺めているように見せて、その男がすぐそばに立つのを感じた。

「——はい」

と、売り子がホットドッグを渡すと、男が振り向こうとして、藍の腕にコートが触れた。

その瞬間、冬に起る静電気の放電のように二人の間に「何か」が飛んだ。

男はハッとして藍を見た。

ごく普通のサラリーマンのようだ。

初老、と見えたのは、髪がほぼ真白になっていたからだが、そばで顔を見ると、まだ五十そこそこかもしれないと思えた。

「——失礼」

「いいえ」

男は、客席の方へ入って行った。

「やっぱりね！」

と制服の女の子同士、肯き合う。

「あの……」

と、藍は声をかけた。「今の男の人が、どうかしたんですか？」

「別にどうしたっていうんじゃないんですけどね」

と、売店の女の子が言った。「今の人、この映画の初日から、ずっと毎日来てるんです」

「毎日？」

「もう一週間以上。一回目の前、これくらいに来て、必ずここでホットドッグを買うんです」

「そうですか……」

「よっぽどこの映画が好きなのね。私、どこがいいかよく分んないけど、この手のホラー映画って」

と、売店の子は肩をすくめた。「でも、入りが悪いからね、この映画。一人でも、毎日見に来てくれるお客さんがいるって、ありがたいんじゃない？」

藍は、ウーロン茶を手に客席へ戻りながら、今の男の姿を目で捜していた。

男は、大分前の方——五、六列目の真中に座って、ホットドッグを食べていた。

あの男がいかにホラー映画好きでも、普通、毎日は来ないだろう。

それに……。

「——ありがとう、藍」

「ううん。さて、どんな映画かな」

と、シートに腰を落ちつけながら、藍は言った。

開映の時間になっても、客席はかなり空いていた。

ホラー映画で怖がる彼女を抱きしめてやろう、という下心が見え見えのカップルもチラホラ。

「あ、始まる」

涼子は楽しそうだった。

場内が暗くなり、カーテンがスルスルと開き、白いスクリーンが現われる。——そのときのワクワクする気持。

藍はこの瞬間が好きである。

「これから、どんな映画が見られるんだろう」

という期待がふくらむ。

で——そのまましぼむことも珍しくはないのだが。

CMが何本かあって、予告編が上映された。

そのとき藍は、あの男が、身をのり出すようにして、食い入るようにスクリーンを見つめているのに気付いた。

予告編のタイトルは〈平凡な人生〉。

どこか東欧の国の映画らしい。知らない役者ばかりだった。

「一人の男の平凡な人生……」

と、ナレーションが入る。「しかし、そこにも〈事件〉は起っている」

子供時代、その主人公は、一緒に遊んでいた仲のいい女の子を事故にあわせ、救うことができなかった。

それはどうやら一生の〈トラウマ〉となって、主人公について回るらしい。

高校生くらいの初体験。——相手は近所の太ったおばさんで、やせっぽちの少年である主人公は、巨大な肉の塊《かたまり》の下で押しつぶされそうになって悲鳴を上げる。

大学時代、何のパーティか、酔ってドンチャン騒ぎをしたあげく、夜道を四、五人の仲間で肩を組み合い、千鳥足で歩いていたとき——主人公は、一番車道に近い側にいた。

肩を組んだ手が外れる。——フラフラと、主人公は車道へよろけ出た。

そこへ、車が突っ走ってくる。

何があったか分らず、立ちすくむ主人公。そこへ車がスピードも落とさずに突っ込んで来たのだ。

ひかれる！――と思ったとき、友人の一人が走って来て、彼を突き飛ばした。

彼は危うく難を逃れたのだが、代りに命の恩人の友人が車にひかれて死んだ……。

「――どこが平凡だ？」

と、客席の誰かが言うのが聞こえた。

予告編は、さらに主人公の人生の中の出来事を短くつづって行った。

そして、〈近日公開！〉の文字。

隣の涼子が、

「見なくても、今のでみんな分っちゃったわ」

と言った。

「まあそうね」

藍は苦笑した。

確かに、説明し過ぎの予告編という感はあるが、ただわけの分らない、派手なカットだけを集めて、どんな映画なのかさっぱり伝わらない予告編が多い中で、その〈平凡な人生〉の予告編は、好感の持てるものだった……。

――いざ、肝心のホラー映画が始まると、涼子は結構楽しそうに、

「いや!」

とか、「やめてやめて……」

などと呟《つぶや》いていたが、藍の方はすっかり退屈してしまった。

そして、ふとあの男の方へ目をやると、後ろ姿ではあったが、明らかに男はぐっすりと眠り込んでいたのである。

2

ランチは、専ら「涼子のグチを聞く会」となってしまった。

「こんなはずじゃなかったのにね……」

同じセリフは、前に会ったときも聞かされているが、聞く度にその深刻さの度合が増していくようだ。

「藍も、無理に結婚することなんかないよ。付合ってるときの、男の言葉なんて、信じちゃだめ! 百パーセント——いえ、百二十パーセント、出まかせだからさ」

「別に、無理しようとは思わないけど、無理しようにも、相手がいなくちゃね」

と、藍は苦笑した。

「今日の映画の男みたいにさ、幽霊を相手にしても、彼女を守って死んでいく、なんて、現実の男に求めても無理ね。お化けが出たら、うちの亭主なんか、私をけとばして逃げ出すに決ってる」

「本当の幽霊は、あんな風に人を襲って殺したりしないと思うわよ」

藍はさりげなく幽霊をかばった。

——藍がホラー映画を苦手なのは、幽霊やお化けが、いつも人間の敵で、恐ろしいものとして描かれているからだ。

藍には、とても共感できない。それに、いくらCGを使って巧みに作られた幽霊でも、本物の迫力にはかなわない。

特に人並み外れた霊感を持った町田藍は、時として本物の幽霊に出会う。

それを仕事に活用して、〈すずめバス〉では、藍の行く〈幽霊体験ツアー〉が一番お客を集めていた。

しかし、藍の知る限り、「悪意を持った」幽霊はごくまれだ。ほとんどの幽霊は、哀《かな》しく、寂しく、やさしい。

むしろ、図々しく生きている人間の方が、ずっと恐ろしく、危険である。

「わあ！　私、ヒラメって大好きなの！」

結婚生活に絶望していたはずの涼子は、メインのお魚料理に大喜び。「うちの人も好きなの。——ああ、食べさせてあげたい！」

聞いている方が馬鹿らしい。

「いらっしゃいませ」

レストランに、客が入って来た。

反射的に顔を上げた藍は、その新しい客がさっきの映画館に毎日通って来る客だと知って、ちょっとギクリとした。

さっき、あの売店の前で、一瞬腕が触れたとき、藍は男の「心の声」を聞いたのだった。

「今日こそ死ねるかもしれない……」

という声を。

「――じゃ、きちんと割り勘ね」

ランチを終え、涼子は、伝票の金額をきっちり二分の一にして、テーブルに置いた。

「はい、確かに。涼子、買物あるんでしょ？　先に行って。私、支払いして行くから」

と、藍は言った。

「そう？　じゃ、そうするわ。――またね、藍」

「うん。また電話でもちょうだい」

「そうするわ。じゃ、お先に」

「バイバイ」

涼子が「大嫌いな亭主」の好物を買って帰ろうと、いそいそとレストランを出て行くと、藍は伝票を手に立ち上った。

そして、今食事をしている男のテーブルへと歩み寄った。

「――私をお呼びですね」

男はホッとした表情で藍を見上げ、

「聞こえたんですね！　良かった」

と、微笑《ほほえ》んだ。

「コーヒーだけお付合いしますわ」

藍は腰をおろした。「どうぞお食事を続けて下さい」

「恐縮です」

「最後の食事になるかもしれませんものね」

男の手が止った。

「――いや、驚いた」

と、息をついて、「そんなことまでお分りですか」

「あなたがなぜそう考えておられるのか、までは分りませんけど」

と、藍は言った。「それと、なぜ同じ映画を毎日見に行かれるのか。――いえ、正確には、映画の前の予告編を見に行かれてるんですね」

「あなたは、もしかしてバスガイドさんじゃありませんか？　幽霊を見ることができるという……」

「よくご存知で」

藍は名刺を取り出した。「よろしくお願いします」

「どうも……。町田藍さん。そうそう。こういうお名前でしたね。いや、お会いできて光栄です」

男は自分の名刺を出した。

〈N出版　編集部長　生江征男《なまえまさお》〉

とあった。

「出版社の方？」

「十人ほどでやっている、小さな出版社ですよ。私も部長という肩書ですが、部下は三人しかいない」

と、男は笑った。「ただ、仕事柄、朝早く出勤する必要がないので、ああして朝一回目の上映を見に行けるわけです」

「どうぞ、お食事を続けて下さい」

「どうも……」

藍は、もう一杯コーヒーを頼んだ。

「でも、生江さん。どうしてあの予告編を毎日見に行かれるんです？」

「確かめているんです」

「確かめて？」

「自分の人生を。これまでの、そしてこれからの人生を……」

と、生江は言った。


「——お疲れさま」

藍はバスを降りると、運転手の君原へ声をかけた。

「ちょっと今日は軽かったな」

君原がニヤリと笑って言った。

「軽かった」とは、「客が少なかった」という意味だ。

五十人も乗れる大型バスに乗客は五人。

どう考えても赤字だ。

大手の会社なら、ドル箱のコースで稼ぐから、少々採算の悪いコースがあっても大丈夫なのだが、何しろ営業所といってもここ一か所。営業所が本社も兼ねているという状況では、一つ一つのコースの入りが切実な問題である。

「バスが古いしね」

と、藍は言った。「大手はどんどん新型に替えてるわ。同じようなコースで、料金も違わないとなりゃ、誰だってきれいなサロンカーへ行くわよ」

「しかし、今の〈すずめバス〉にゃ、とてもバスを買い替えるなんて余裕はないだろ」

「でしょうね。社長に談判しても――」

「君が言われるだけさ。『幽霊を見付けて来い！』って」

「スーパーじゃ売ってないのよ、幽霊は」

と、藍は言った。「車を洗っておくわ」

「手伝おう」

「ありがとう」

――君原志郎は、藍と同じ二十八歳。誰もが見とれるほどの美青年で、鼻筋の通ったギリシャ彫刻のような顔――と言われている。

当然、バスガイド仲間でも憧《あこが》れの的だが、腕も良く、藍と組むことが多い。

しかし、藍はあまり恋愛対象として君原を見ていないので、他のバスガイドからは少々恨まれていた……。

「――町田さん」

と、若いガイドの常田エミがオフィスから出て来て呼んだ。「社長さんがお呼びですよ！」

藍はため息をついて、

「来たか」

と呟いた。

「行って来いよ。いい話かもしれないぜ」

と、君原がからかう。

——社長の筒見哲弥《てつや》は、弱小バス会社なりに、「アイデアで勝負！」という信念の下《もと》、頑張ってはいるものの、どうしても苦しくなると、

「町田君、何とか〈幽霊ツアー〉を頼む！」

と言い出す。

気持は分るのだが、藍だって、幽霊の知り合い（？）がいるわけではなく、そう都合良く出てはくれない。

——恐る恐る、

「お呼びでしょうか」

と、筒見の所へ行くと、

「ああ、町田君。——君、どう思うね、これを？」

と、手紙を渡される。

「私あてですか」

「うむ。――明日の夜、いいツアーが組めるという売り込みだが」

藍が、「幽霊と話せる」バスガイドとして多少名が知れてから、この類《たぐい》の売り込みは珍しくない。

「たいていはインチキですよ。ご存知でしょう」

「分っとる。しかしな、それはちょっと変ってる。幽霊がどこそこに出る、という話じゃないんだ」

「それじゃあ……」

「火事が起るというんだ」

「火事ですか？」

差出人の名は封筒にない。

藍は中の手紙を取り出して、読んだ。

〈町田藍様
珍しい体験のできるツアーを募っておられると伺いました。

十一月五日、夜十二時に同封の地図の場所へおいで下されば、本物の火事がご覧になれます。

決して放火しようとしているのではありません。これは避けられない不可抗力による火災です。

あなたのお仕事のお役に立てましたら幸いです。

あなたの友〉

藍は地図を見た。

少し郊外だが、新興の工場や倉庫の立ち並ぶ地域である。

「——信じるんですか？」

「君はどう思うんだ」

「これは——火事がもし本当に起るのなら、消防署へ連絡するべきだと思います」

「理屈だ」

と、筒見は肯いた。「しかし、世の中は理屈より金だ」

「社長——」

「その話を、何とか幽霊に結びつける。何でもいい！〈幽霊の怨念《おんねん》が人家を焼き尽くす！〉というのはどうだ？」

「でも——明日ですよ！」

「今から、〈幽霊ツアー〉の常連客の家に、片っ端から電話しろ！『明日のツアーは絶対見逃せません！』と言ってやるんだ」

仕方ない。——筒見はすっかりやる気だ。

「料金はどうします？」

「そうだな……。いつものツアーとは別の、〈特別料金〉にしよう」

「割引ですか」

「倍にする」

藍は絶句した……。

「行く行く！」

と、遠藤真由美は即座に答えた。

「でもね。真由美さん、これは幽霊とは関係ないかもしれないのよ」

と、藍は言った。「それに夜中だし、次の日は学校があるでしょ？」

遠藤真由美は、〈すずめバス〉の〈幽霊ツアー〉の一番若い常連客。十七歳の高校二年生である。

いつもセーラー服でやって来る真由美は、常連のおじさんたちのアイドルとなっている。

「構わない。藍さんに会えるだけでもいいもん」

「そう？　でも料金高いし、学割もないのよ」

「〈すずめバス〉のツアーなら、親がちゃんと出してくれるわ。妙な遊びを憶えてお金つかうのに比べたら、ずっと安上りだって」

藍は苦笑して、

「それって、真由美さんが自分で言ってるんでしょ」

「ばれたか！」

と、真由美は明るく笑った。

——ともかく、常連客の間で、藍は信用がある。

筒見の見込み通り、藍が誘いの電話をかけると、ほとんどの常連客は参加することになり、バスの八割方は埋ってしまった。

そうなると藍も責任を感じる。

これで何もなかったら……。

いや、本当に火事が起きたとしたら、乗客に危険が及ぶことも考えられる。

——藍は、あの手紙をもう一度、じっくりと読み返した……。

3

「凄《すご》い風だ」

という君原の声で、ハッと我に返った。

バスは、あの匿名《とくめい》の手紙に同封されていた地図の場所に近付きつつあった。

――しっかりして！

藍は、ついぼんやりしていた自分を叱《しか》りつけた。

バスには四十人以上のお客が乗っているのだ。みんな、〈幽霊ツアー〉の常連ばかりである。

この人たちを危険な目に遭わせるわけにはいかない。私がしっかりしていなくては……。

「――藍さん」

と、前の方へやって来たのは、遠藤真由美である。

「真由美さん、どうしたの？」

「久しぶりの〈ツアー〉だから、ワクワクしちゃって」

と、真由美はバスの前方の暗がりへ目をやった。「もうじき着く？」

「そうね」

「あと十分くらいだ」

と、君原が言った。

「藍さん、何となく不安そう。何かわけでも？」

特に霊感など持っていない真由美からそう言われて、藍は少し反省した。

「不安ってわけじゃないの。ただ、今日の企画を提案して来た人が分らないんで……」

「でも、本当に起ればいいわけでしょ」

「それはそうだけど、ちょっと幽霊が出るのと違って、火事よ。それにこの風……。ずっと物騒だわ」

一旦《いったん》火事が起ったら、この強風で一気に広がる恐れがある。

「ずっと倉庫ばっかりなのね」

と、窓の外を見ていた真由美が言った。

「都心だと土地が高いから、みんな、こういう郊外に倉庫を置くのよ」

「でも、倉庫ったって、働いてる人はいるんでしょ？　ここまで通うの、大変だろうな」

と、真由美が、いかにもやさしいことを言っている。

――火事。

藍は、どうも気になっていた。

最近、どこかで「火事」の話をしたような気がする。いや、話をしたというほどはっきりしたことなら、忘れないと思うのだが……。

「――そろそろだ」

と、君原が言った。

バスは、ちょっとした広場の中で停《と》まった。

「皆様、お待たせいたしました」

と、藍は言った。「目的地に着きました。午前〇時にはまだ少しございます。外はとても寒いかと思いますが……」

「せっかく来たんだ！　外で待っていようよ！」

と、一人が立ち上ると、

「そうだ！」

と、次々にみんな持っていたコートを着込んでいる。

この熱心さには、藍も感心してしまう。

「では、外へ出ましょう。——真由美さんは、そのセーラー服じゃ寒いわよ」

「へへ、大丈夫なの」

と、いたずらっぽく笑って、「この下、シャツをしっかり重ね着してる」

「参ったわ」

と、藍は苦笑して、君原の方へ、「万一、本当に火が出たら、すぐ一一九番してね」

と、小声で言った。

「分った。任せろ」

万一のことを考えれば、予《あらかじ》め消防車に待機してほしいが、起ってもいない「火事」

の通報をしても、

「放火犯か、いたずらか」

と思われてしまうだろう。

バスを降りて、藍は一瞬ゾッとした。

広場は、倉庫の建物で囲まれる格好になっている。むろん、バスが入って来た道路はあるわけだが、万一火事になって、この強風で四方に火が回れば、思いがけない惨事になりかねない。

「――風が唸《うな》ってるぞ」

「何だか女の泣き声みたいだ」

「そうだな。藍さん、何か感じないかね」

お客の期待に応《こた》えるのも、バスガイドの仕事の内。

「そうですね。こういう場所には、吹きだまりのように、色々な恨みもたまってしまうでしょう」

実のところ、藍の心配は幽霊より火事のことである。

「いろんな会社が一つの倉庫を使ってるんだ」

と、真由美が各建物の看板を眺めて言った。

「そうね。小さな会社なら、こんな大きな倉庫一つは必要ないでしょうからね」

「あと十分で十二時だ」

と、一人が言った。

四方を囲まれた広場は、風が渦を巻いている。――霊感はともかく、風の唸りは気味が悪かった。

藍は、今回はあまり話すこともないので、倉庫の看板を見て行ったが――。

ふと、一つを素通りした視線が引き戻された。

〈N出版〉の名がある。

あの、生江という男の勤め先だ。

ここに出版物の在庫を置いているのだろう。

ハッとした。――あの手紙、生江からのものだ!

火事。

どうして忘れていたのだろう?

生江の話を、あんなに身を入れて聞いていたというのに……。

「あの通りだったんです」

と、あのレストランで、生江は言った。

「五つのとき、私は仲の良かった女の子と隠れんぼをしていました。他に、近所の男の子が二人。――男の子の一人が鬼になり、私たちは一斉に隠れ場所を捜して散って行きました……」

生江の表情が歪《ゆが》んだ。

「私は、その女の子に、捨ててあった古い冷蔵庫の中に隠れるように言いました。その子は私の言うことなら何でも聞く子で……」

「分ります」

「忘れたわけではありません。しかし、思いのほか、鬼が見付けるのに手間どったのです。他の男の子が、持っていたオモチャのことでケンカを始めてしまい、隠れている私たちを捜しに来るどころじゃなくなったんです。――待ちくたびれて、私は女の子を呼びに行きました。すると……冷蔵庫は、彼女が中に入ったせいでバランスを失ったんでしょう、斜面を転り落ち、下の深い水たまりに突っ込んでいました。扉の方を下にして」

「まあ……」

「どんなに苦しく、怖かったことか……。想像すると、今でも胸が痛みます」

生江の目に涙が浮んでいた。

確かに、あの予告編でも、それに似た状況が描かれていたようだ。

「――そして、高校生のときの初体験」

生江は苦笑して、「まあ、あんなものかもしれませんね、初めてのときは。でも、あまりにあの通りで、私は見ていて息が苦しくなりました」

「大学のときの事故も？」

「ええ」

と、生江は肯いた。「私たちの大学のラグビー部を応援に行ったときです。みごと優勝して、夜の宴会は馬鹿騒ぎになりました」

「お友だちは――」

「大学時代の一番の親友でした」

生江の表情が歪んだ。「彼は言ってくれてたんです。何度も。『そんなに飲むな』と……」

「分ってたんですね」

「私は、実のところとてもアルコールに弱くて。でも、その夜は、自分が試合に出たわけでもないのに、一人舞い上って無茶飲みし、店を出たときは、真直ぐ歩けない状態でした……」

そして、あの予告編通りのことが起ったのだ。

「――どうして私が死なななかったのか、今でも悔しいですよ。彼は優秀で、思いやりがあって、大学の教授も、『将来はノーベル賞を取る奴《やつ》だ』と惚《ほ》れ込んでいたのです。その彼が……。私のようなつまらない人間を助けて死んでしまった……」

「生江さん。――もしあなたが車にひかれるのを見捨てていたら、その人は一生苦しんだでしょう。巡り合せというものですよ」

藍の言葉に、生江は微笑んで、

「ありがとう。あなたはやさしい人だ」

と言った。

「あの予告編は、たまたま似たエピソードを連ねてあるだけです。偶然ですわ」

「いや、分ってるんです」

と、生江は首を振った。「あの女の子と、大学生の彼が呼びに来るんですよ」

「そんなところは予告編にありませんでしたよ」

「ええ。ですが私には分っています。あの映画の本編は、炎の中、主人公が『迎え』に来た少女と一緒に死へと赴くんです」

火事。――予告編で、主人公はオフィスが火事になり、一緒にいた同僚の女性を必死で脱出させる。

そして主人公がどうなったか、予告編はそこまで映し出さなかった。

「感じるんです」

と、生江は言った。「その日は近いと。私はもう準備ができています……」

倉庫の窓に明りが見えた。

「真由美さん」

と、藍は言った。「ここにいて。もし本当に火事になったら、みんなと一緒に、すぐ逃げるのよ」

「え？　でも――」

「私の言う通りにして」

真由美は肯いた。

藍は、その倉庫の裏側へと回ってみた。

小さなドアがある。――それを開けて中へ入ると、急な階段がある。

藍は足早にそこを上って行った。

4

〈管理室〉と書かれたドアを開ける。

「――やあ」

パソコンに向かっていた生江が振り返った。

「お待ちしてました」

「生江さん……」

　藍は、部屋の中を見回した。「ここは？」

「在庫の管理をするコンピューターがこの下にあるんです。――うちのような弱小出版社でも、コンピューターを使わないと、取次が扱ってくれません」

　広い窓から見下ろすと、膨大《ぼうだい》な量の本が、整然と並んでいる。

「本は紙ですからね。一旦火が回ればアッという間です」

「火事になると分ってるんですか？」

「そこで死ぬこともね。――あの映画の本編を見たんです」

　そうか。もう本編が公開されているのだ。

「――やはり、あれは私の人生、そのものでした」

　と、生江は淡々と言った。「そして残っているのは、火事の中で死ぬラストだけ……。映画の通りの日付、時間……」

「生江さん。人生は予め決っているものじゃありません」

　と、藍は言った。「自分の力で変えられるものです」

「私も、そう信じたこともありました。しかし――」

　生江が言葉を切った。「少し早かったようだ」

　火災報知器がけたたましい音で鳴り出した。

「火をつけたんですか？」

「違いますよ。そんな必要はない。この強風で、裏の雑木林の枝がこすれて自然発火したんです」

藍は、廊下へ出ると、外を見下ろす窓へと駆け寄った。

林が燃えている。

急いでケータイを取り出し、バスの君原へかけた。

「――もしもし」

「どこにいるんだ？　煙が見える」

「裏の林が燃えてるの！　すぐ消防へ連絡して」

「分った」

「それからお客さんを乗せて脱出して。全部の倉庫へ火が回ったら出られなくなる」

「よし。君は？」

「私のことはいいから。お願いよ」

「うん」

藍は通話を切ると、外をもう一度見た。

信じられないほどの速さで、林は燃え広がっていた。乾き切った空気、この強風。

まるで巨大なマッチの林のように、火が瞬《また》く間に広がって行く。

「――生江さん！」

と、部屋へ戻って、「逃げましょう！」

生江の姿はなかった。

藍は、部屋の奥に小さなくぐり戸があるのを見付けた。そこが開いている。

はしごが真直ぐに下の倉庫スペースへと下りていた。

「生江さん！」

藍は、急いではしごを下りて行った。

「来てはいけません！」

生江が本の山の間から現われた。

「早く出ましょう！」

「もう裏手のドアの方は火が迫っています」

「正面の扉を開ければ出られるでしょう？」

「私はここにいます」

「生江さん……」

「――ほら、あの子が迎えに来ている」

生江の目が、藍の背後へ向いた。

藍が振り向くと、暗い本の山の谷間に、五歳くらいの少女が立っていた。

「マサオちゃん、遊ぼう」

と、その子は言った。

「ああ……。ずいぶん待たせたね」

生江は微笑んだ。

「そうよ。私、ずっとずっと待ってたわ」

「ごめんよ。――もう待たせない」

煙が倉庫の中に漂って来た。

一旦火がつけば、紙の山だ。アッという間にここは火の海になる。

そのときだった。全く別の方向から、

「部長さん」

と、声がしたのである。

生江が驚いて振り返る。

古めかしい事務服を着た若い娘が、当惑顔で立っていた。

「――西川《にしかわ》君！　何してるんだ！」

生江が驚いて怒鳴った。「帰れと言ったじゃないか！」

「すみません。でも――部長さんお一人じゃ、大変だろうと思って、伝票と在庫を当ってたんです」

まだ二十歳《はたち》そこそこの娘だ。

同じ出版社の社員なのだろうが、生江を見る目には、素朴な尊敬の気持があった。

「早く逃げろ！」

「どうしたんですか？　あのベルは——」

「火事なんだ！　すぐ火が回る！」

「ああ……。じゃ、部長さんも」

「僕はいいから！　この人と逃げろ！」

藍は、あの少女の方を見た。

「マサオちゃん……。早く行こうよ」

と、少女は手招きした。

「ああ。——すぐ行くよ」

そのとき、倉庫の奥に火の手が上った。

「部長さん！」

西川という娘が、叫んだ。「あの女の子、誰なんですか？」

生江が愕然とした。

「君、見えるのか？」

「ええ……。だって、そこに立ってるじゃありませんか」

火が本の山を次々に包んで行く。

頭上のスプリンクラーが作動した。

一気に細かい雨のように、水が降り注ぐ。

しかし、炎の勢いの方が、遥《はる》かに強かった。それでも、燃え広がる速さを抑える力はあった。

「生江さん」

と、藍は言った。「この西川さんっていう人も死ぬ運命なんですよ」

「何ですって？」

「だからあの子が見えるんです。もう手遅れです！」

生江は青ざめた。

「——いかん！　西川君、正面の扉のわきにドアがある。まだ間に合う。早く逃げろ！」

と押しやる。

「部長さんも逃げましょう！」

「いや、僕はいいんだ。君は若い。人生はこれからだ！」

藍は、西川という娘の手を取った。

「行きましょう！　火が回ったら逃げられなくなるわ！」

しかし、その若い娘は、藍の手を振り払ったのである。

「一人で行って下さい！」

と、別人のような激しい声で叫んだ。

「西川君――」

「私は部長さんと残ります！」

その娘は、生江の胸に身を飛び込ませて行った。

「君は……」

「部長さんと死ぬなら幸せです」

生江はその娘を抱きしめた。

スプリンクラーの水が止った。炎は周囲の本の山を焼き尽くして行く。

「――西川君、逃げよう！」

と、生江は言った。「来るんだ」

一瞬、生江は振り向いた。

藍は、あの幼い少女が、今は大人のように暖かく笑って手を振るのを見た。

そして少女の姿は炎の中へと消えて行った。

「――町田さん！　急いで！」

生江が、西川という娘を抱きかかえるようにして走り出す。

「ちょっと！――待って下さいよ！」

藍はあわてて二人の後を追った。

全く！　男なんて勝手なんだから！

藍の背後で、燃え盛る本の山が一気に崩れた。


「――それで？」

と、涼子は目を輝かせて訊《き》いた。

「どうもこうも……。五十一歳の生江さんは二十一歳の若い奥さんをもらったってわけ」

と、藍は言った。

「へえ！　めでたし、めでたしか」

「まあね」

藍は腕時計を見て、「あ、もう行こうか。並ばないと入りそこねるよ」

――藍は、また須田涼子と映画館に来ていた。

この前の失敗にこりて、早目に待ち合せ、お茶を飲みながら開場を待つことにしたのだ。

「でも、私たちが仕方なくあのホラー映画に入らなかったら、生江さんって人もやり直す気にならなかったかもね」

と、涼子が言った。

「まあね。——わあ、並んでる」

お目当ての映画館の前には、行列ができていたが、入れないほどではない。

藍と涼子が列に並ぶと、たちまち後ろに列がのびて行った。

「早く来て正解だ」

と、藍は言った。

——藍は、生江と西川小百合《さゆり》（という名だと初めて知った）の結婚式にも招ばれた。

照れて汗びっしょりになった生江が可愛かった……。

「そろそろ開くよ」

映画館の係の男性が、

「今からお並びになる方はお立見です！」

と叫んでいる。

「——立見ですって」

「どうするかな。君は？」

「生江さん」

聞いた声がした。

「やあ、町田さん！」

生江と若妻である。

「お二人で映画？　いいですね」

「どうも……。色々ありがとうございました」

「こんな所でやめて下さい」

「しかし――お会いして良かった」

「もう、どんな予告編を見ても大丈夫ですね」

と、藍は言った。

「ええ。そう簡単に死ねません。長生きしないと」

と、生江は妻の肩を抱いた。

「あなた、他の映画館に行きましょ」

と、妻の小百合が言った。

「いいのかい？　君、これが見たかったんだろ？」

「でも立見じゃ……。私はいいけど、あなたが疲れるわ」

藍と涼子は顔を見合せた。

「――生江さん。私たちの代りにここへ入って下さい」

「え？　いや、そんな――」

「私たちは特にこれが見たいわけじゃないんです。ただ、後で食事しておしゃべりするのが目的で。ね、涼子？」

「ええ。私、本当は隣のホラー映画が見たかったんですの」

生江は微笑んで、

「じゃ、お言葉に甘えて」

「すみません！」

小百合が頰《ほお》を赤く染める。

——藍と涼子は、ガラガラの映画館へ入って、

「私たちもお人好《ひとよ》しね」

「本当」

と、笑い合った。

「——飲物、買って来る？」

と、藍は言って、「涼子、買って来てよ。お金出すから」

「うん、いいよ」

藍は、座席に寛《くつろ》ぐと、

「予告編の間は、目つぶってよう」

と呟いたのだった。

解説

新保博久

小さいころ、銭湯に行くのがいやだった。落ち着きのない子供で、頭や体を洗ってもらう間じっとしているのが苦手だったというだけでなく、とりわけ夏場は、昭和三十年代のそのころ必ず街では怪談映画が上映されており、脱衣場にでかでかと貼られていたポスターが、子供心に震えるほど怖かったのだ。しかし怖いもの見たさで、見るまいと思いつつ目はそちらに向かってしまう。

こういう心理は、大人も子供と変わらないだろう。現実の怪奇スポットを訪ねて行くバスツアーがあっても、それほど荒唐無稽とは思われないゆえんだ。

私の子供時代に話を戻すと、「四谷怪談」「牡丹灯籠」といった定番的なものは何種類もあったせいか、かえって印象に残っていない。いちばん鮮烈に覚えているのが、「囁く死美人」（一九六三年、大映東京、村山三男監督）というマイナーな現代物スリラーである。それほどグロテスクな絵柄でもなかったはずだが、「ああ今夜も、殺した女の顔が手術の痕に浮かぶ……」といった惹句が、ものすごく気色悪かった。人面疽《じんめんそ》のようなものを思い浮かべたのかも知れない。

先般、名画座でこの作品がリバイバルされ、じつに四十四年ぶりに初めて観る機会に恵まれた。恐怖をこらえながら、これと正面きって対決しなければトラウマは拭えないと臨んだ。その結果は……

四十四年間、私を恐れさせてきた映画の実物は、情けないほど怖くなかった。美男で優秀な青年外科医が院長の娘と結婚するために殺した恋人の亡霊に悩まされるのだが、手術の痕などというものは画面に出てこない。そもそも怪談ではなく、製作側はたぶんアンリ・ジョルジュ・クルーゾーのサスペンス映画「悪魔のような女」(一九五五年)のような作品を作りたかったのだろう(クルーゾー映画でのプールがキタナイ用水池に替わっている)、怪異と思われていた現象に一応トリックがあったと説明がつくが、しかしそれですべてが解決されるわけではなく、いくつかは明らかに主人公の幻覚、あるいは本物の亡霊だったかも知れない。どうにも中途半端な出来で、ひどいオンボロ病院なのが怪異の舞台にはふさわしいが、人を殺してまで跡継ぎになりたいのももっともだと観客に思わせる説得力がない(いちばん面白かったのは、主人公が結婚して院長の家に同居、マスオさんとなる点だ、というのは、のちに江利チエミ主演のTV版「サザエさん」でマスオを演じた川崎敬三がその青年医師役だったからである)。

「囁く死美人」に比べれば、本書『その女《ひと》の名は魔女』を第二集とする「怪異名所巡り」シリーズを菊川怜主演でTVドラマ化した「霊感バスガイド事件簿」(テレビ朝日系、二〇〇四年四月十六日〜六月十八日午後十一時十五分より五十五分間、放送日時が異なる地域もあり)は、よほど観るに堪えるというべきだろう。とはいえ、これもまた「原作者の思いどおりになる映画はほとんどないですよね」(山前譲「ザ・インタビュー 赤川次郎を徹底解剖する」、光文社カッパ・ノベルス『三毛猫ホームズの最後の審判』〈二〇〇〇年〉に採録)という慨嘆の類例を増やしたかも知れない。だが私としては、ドラマの至らない部分がむしろ原作の美点を逆照射して浮かび上がらせているようなところが興味深かった。

まずドラマ版全十話のタイトルを、テレビ朝日版のDVDに基づいて記しておこう(実際の放送順、放映タイトルとは異なる)。

1 しのび泣く木 ③
2 心中無縁仏 ①
3 神隠し三人娘 ②
4 未練橋のたもとで ⑤
5 亡霊の棲む病院
6 呪われた花嫁
7 夜泣くオフィス
8 その女の名は魔女 ⑨
9 1/24秒の悪魔 ⑥
10 さよなら霊感バスガイド

丸数字は原作の発表順で、たとえば③とあれば第三話。①～⑤までの原作は前集『神隠し三人娘』(二〇〇二年)に収められている。丸数字のない四編は、原作のシリーズ設定を借りただけのオリジナルらしい。そして、このTVオリジナルはおしなべて、原作に基づいた回より見劣りがする。本稿が赤川氏の著書の解説だからといって、著者におもねって言うわけではないですよ。

本書あるいは『神隠し三人娘』(はたまた第三集『哀しみの終着駅』〈二〇〇六年〉)のどれか一冊でもお読みの読者には言うまでもないように、このシリーズは、霊感が強く、幽霊を見、幽霊と話すこともしばしばある町田藍二十八歳(一九九九年発表の第一話以来、『小説すばる』二〇〇六年九月号に発表された第十八話「哀しいほどに愛おしく」でもまだ変わっていない。この点はサザエさん流だ)が、彼女の能力を売り物に怪奇スポット見学ツアーを企画する観光バス会社、最大手〈はとバス〉ならぬ最小手〈すずめバス〉にガイドとして勤めながら、さまざまな怪異を解決してゆく明朗(?)怪奇ミステリである。この設定がまずとっぴながら、赤川作品の読者はこれくらいでは驚かないだろう。しかし同時に、こういう奇抜な設定の上に築かれる物語はあくまでリアルであることを、意識しなくとも体感で知ってもいるはずだ。物語までがアンリアルであっては、作品全体がそらぞらしくなって、素直に楽しめなくなってしまう。赤川氏はそういう愚を冒さない。

氏の初期代表作の一つ『セーラー服と機関銃』(一九七八年)の発想のきっかけは、「テレビのプロデューサーとの雑談で、くっつきそうにないものをつけると、面白いものが生まれると聞いていて。女子高生にして、一番有り得なさそうなものは」と考えてタイトルを決め、「どうやったら、女子高生に機関銃を撃たせることができるかな、と考えたらヤクザの跡目を継ぐ話を思いつい」たという(角川ザテレビジョン刊『「セーラー服と機関銃」Official Visual Book』〈二〇〇六年〉原作者インタビューによる)。

このように、根底には奇想があっても、その先は理詰めで組み立ててゆく。だからこそ、ありえない話を読者はいつのまにか、ありうるように信じ込まされてゆくのだ。

TV番組「霊感バスガイド事件簿」の第五〜七話(と最終話もそうだが)に私が感心しなかったのは、そういう原作の精神が踏襲されていないからだ。現実問題として、病院や教会(結婚式場)、アパレル会社などが怪奇ツアーの目的地にされることを承知するわけがない。幽霊退治をしてもらいたいのなら、藍ひとりに来てほしいはずで、大勢のツアー客など引き連れて来られては、たとえ幽霊が出なくなっても評判がガタ落ちになるではないか。ちょうどその放映のころ『文芸ポスト』に連載され、『深夜の見舞客』(二〇〇六年、小学館)にまとめられた「当節怪談事情」の第三シリーズが病院、オフィス(化学薬品会社)、そして「さよなら霊感バスガイド」と同様の映画撮影現場と、たまたま舞台が共通しているように、赤川氏好みの舞台設定ではある。しかし霊感バスガイドという着想がファンタスティックだからといって、ストーリーまでリアリティを無視されては、観ていて白けてしまう。

番組のホームページに、次のような作者の談話が掲載されている（一部改行を詰めた）。

「『怪異名所巡り』は、ミステリの味を残しながらも、推理の本格的追求より、ホラーの要素を強め、より自由な世界を描きたいと始めたシリーズです。

最近のホラーブームでは、人間に対して敵意を持った、悪意のある幽霊が多く登場します。昔からの幽霊話が好きな私としては、これを少し淋しく感じていました。幽霊になるということはむしろ、不幸な死に方をしてしまったけれど死にきれずにいる、気の毒な存在です。ですから「怖さ」より、幽霊にならざるを得なかった「悲しさ」を表現したつもりです。（後略）」

しかし映像となると、どうしても幽霊のグロテスクな姿を売り物にして、「怖さ」が強調されることになる。また、ふつう町田藍だけに見える幽霊が画面に出てしまうことで、ツアー参加客の誰にでも見えることになってしまうし、藍ひとりが幽霊に同情を寄せて謎解きに向かうという基本線が弱まっている。その謎解きも、ＴＶオリジナルでは特に、幽霊になった被害者を殺したのは誰かというフーダニットが中心興味になっているが、原作はむしろなぜ幽霊が現れるのかというホワイダニットや、どうやって成仏させるかというハウダニットのほうに力点がおかれているだろう。

というより、TV版は要するに怪談風味、ミステリ風味のホームドラマといったほうがいい。原作よりも小所帯で、ガイドは藍ひとり、原作では先輩ガイドになっている山名良子は企画係、常田エミは事務員といった役どころのようだ。筒見哲弥社長が頼りない父親(母親役は不在)、君原運転手がマイペースの長男、良子が目立ちたがり屋の長女、エミが役立たずの三女という家族になぞらえるなら、藍がしっかり者の次女相当で〈すずめバス〉一家の収入を支えている。そうしたTV版のファンも、そうでなかった人も、改めてこの小説版に親しんで、違った魅力を発見してもらいたい。

本書『その女の名は魔女』に収録の五編は、『小説すばる』二〇〇二年三月号から二〇〇四年三月号まで、毎年三月・九月号に同じ順番で発表され、シリーズは現在さらにペースアップして続いている。最近の赤川氏が、息長く書き継いでいるお気に入りの連作といっていい。近年の赤川作品は、「当節怪談事情」もそうだが、ホラー系統、ミステリ系統を問わずビター風味が強くなっているようだ。氏にユーモア・ホラー・ミステリを期待する読者に、特におすすめしたいのがこの「怪異名所巡り」シリーズなのである。

この作品は、二〇〇四年六月、集英社より単行本として刊行されました。

集英社文庫

シリーズ第１弾

神隠し三人娘　怪異名所巡り

赤川次郎

大手の会社をリストラされ、弱小〈すずめバス〉に
再就職したバスガイド、町田藍。実は彼女は霊感体質、
最初に添乗した〈怪奇ツアー〉で目的地の寺に
見事に（？）幽霊が出たため、一躍人気者に――。
〝霊感バスガイド〟が謎と怪奇に挑んで大活躍！
異色のユーモア・ホラー・ミステリー、全５篇を収録。

集英社文庫　赤川次郎の本　〈南条姉妹シリーズ〉

ウェディングドレスはお待ちかね

「その結婚、おやめなさい」箱入り娘・麗子の結婚式直前、正体不明の謎めいた忠告に、名門・南条家は大パニック。麗子の双子の妹で〈暗黒通り〉のボス・美知に助けを求めるが——。

ベビーベッドはずる休み

顔はそっくりでも性格は正反対の南条家の双子姉妹。結婚した姉の麗子に女の子が生まれたが、突然、赤ちゃんが行方不明に！　南条家を襲う怪事件に双子コンビの大冒険が始まった。

スクールバスは渋滞中

ご存じ、南条家の双子姉妹。箱入り奥様となった姉の麗子の娘、サッちゃんが通う名門幼稚園のバスに爆弾が仕掛けられた！　プリンセスの無事救出をめぐって、美人姉妹が大活躍。

プリンセスはご・入・学

南条家の星・サッちゃんが名門小学校に入学し、母親の麗子が父母会の会長に選ばれたとたん、殺人事件発生。何やら父母会がキナ臭い?!　南条姉妹シリーズ絶好調第4弾。

マドモアゼル、月光に消ゆ

サッちゃんの小学校の修学旅行に同行し、ドイツまでやってきた南条一家。異国の地で姉妹の母・華代が誘拐され大騒動。一方で、妹・美知の「衝撃の過去」もはじめて明かされる！

集英社文庫　目録（日本文学）

集英社文庫　目録（日本文学）

浅田次郎　活動寫眞の女
浅田次郎　王妃の館(上)(下)
浅田次郎　オー・マイ・ガアッ！
浅田次郎　サイマー！
阿佐田哲也　無芸大食大睡眠
阿佐田哲也　阿佐田哲也の怪しい交遊録
浅利佳一郎　はばかりながら
安達千夏　あなたがほしい　je te veux
安達千夏　おはなしの日
阿刀田高　小説家の休日
阿刀田高　私のギリシャ神話
阿刀田高　ものがたり風土記《ふうどき》
阿刀田高　続ものがたり風土記《ふうどき》
我孫子武丸　たけまる文庫　怪の巻
我孫子武丸　たけまる文庫　謎の巻
我孫子武丸　少年たちの四季
我孫子武丸・田中啓文・牧野修　三人のゴーストハンター　国枝特殊警備ファイル
安部龍太郎　風の如く　水の如く
安部龍太郎　海神《わだつみ》
安部龍太郎　生きて候(上)(下)
綾辻行人　眼球綺譚
綾辻行人　セッション——綾辻行人対談集
新井素子　チグリスとユーフラテス(上)(下)
嵐山光三郎　日本詣で　ニッポンもうで
荒俣宏　異都発掘
荒俣宏　日本妖怪巡礼団
荒俣宏　怪物の友
荒俣宏　風水先生
荒俣宏　黄金伝説
荒俣宏　増補版　図鑑の博物誌
荒俣宏　神秘学マニア
荒俣宏　南方に死す
荒俣宏　日本仰天起源
荒俣宏　漫画と人生
荒俣宏　短編小説集
荒俣宏　コンパクト版本朝幻想文学縁起
荒俣宏　怪奇の国ニッポン
荒俣宏　商神の教え
荒俣宏　ブックライフ自由自在
荒俣宏　白樺記
荒俣宏　風水先生レイラインを行く
荒俣宏　バッドテイスト
荒俣宏　エロトポリス
荒俣宏　神の物々交換
荒俣宏　図像学入門
荒俣宏　エキセントリック
荒俣宏　レックス・ムンディ
有吉佐和子　仮縫

集英社文庫

その女《ひと》の名《な》は魔女《まじょ》 怪異名所巡《かいいめいしょめぐ》り2

2007年4月25日 第1刷 定価はカバーに表示してあります。

著 者 赤川次郎《あかがわじろう》

発行者 加藤 潤

発行所 株式会社 集英社

東京都千代田区一ツ橋2-5-10 〒101-8050

電話 03-3230-6095（編集）

03-3230-6393（販売）

03-3230-6080（読者係）

印 刷 凸版印刷株式会社

製 本 凸版印刷株式会社

フォーマットデザイン アリヤマデザインストア マークデザイン 居山浩二

本書の一部あるいは全部を無断で複写複製することは、法律で認められた場合を除き、著作権の侵害となります。

造本には十分注意しておりますが、乱丁・落丁（本のページ順序の間違いや抜け落ち）の場合はお取り替え致します。購入された書店名を明記して小社読者係宛にお送り下さい。送料は小社負担でお取り替え致します。但し、古書店で購入したものについてはお取り替え出来ません。

© J. Akagawa 2007 Printed in Japan

ISBN978-4-08-746145-9 C0193